양호 향천의 여상

養浩 鄕川의 女像

양호 향천의 여상

초판 1쇄 인쇄일 2022년 11월 11일
초판 1쇄 발행일 2022년 11월 21일

지은이 이용두
펴낸이 양옥매
디자인 송다희 표지혜

펴낸곳 도서출판 책과나무
출판등록 제2012-000376
주소 서울특별시 마포구 방울내로 79 이노빌딩 302호
대표전화 02.372.1537 **팩스** 02.372.1538
이메일 booknamu2007@naver.com
홈페이지 www.booknamu.com
ISBN 979-11-6752-217-7 (03810)

양호 향천의 여상

養浩 鄕川의 女像

이용두 지음

책과나무

1590년 청풍김씨의 따님은 한참 젊고 꽃피는 나이에 양호당 이덕열의 청혼을 받아들여 부인이 되었다. 오래전에 그녀는 향촌의 냇가에 머무르면서 양호당을 흠모한 적이 있었다. 돌아보면 그녀에게 양호당과 함께했던 10년의 짧은 기간은 아주 소중하고 가슴 벅찬 날들이었다.

당시에 그녀는 조선 시대의 여인으로서 표현을 내세우지는 못하였어도, 그분이 주신 애정과 따뜻한 마음을 가슴에 품고 지내면서 감사하고 가도를 지키며 정실히 살아왔다. 임진왜란의 혼란과 곤경 속에서 몸은 지치고 힘겨운 날들이었지만, 그녀는 자활력을 키우면서 아이들을 보살피고 행복한 마음을 갖고 지냈다.

왜란이 끝났는데 임(이덕열)께서 갑자기 떠나가시니 가슴속에서 함께한 날들을 잊지 못하였다. 그녀가 회상하는 그분은 자상하고 정감이 넘치며, 언제나 가까이 다가와서 어려움을 덜어 주려고 하였으며, 자신을 많이 아껴 주고 염려해 주는 분이었다.

전쟁의 혼란이 계속되는 7년 동안 떨어져 있게 되고, 어려움과 그리움에 눈물을 흘리며 서로에게 닥치는 위험을 걱정하고 있으면, 그분은 항상 긴급하게 먼저 연락을 주었다. 당혹한 상황을 알리며 향토의 글씨로 적은 편지에 그녀는 반갑고 마음이 안정되었다.

　1637년 정부인 청풍김씨는 양호당이 그리던 따뜻한 남쪽의 향촌에서 조용히 눈을 감았다. 여기에 그녀의 지나온 날들을 다시금 떠올려 본다.

　맨 처음 내가 청혼을 받아들이고 그때부터 당신은 낭군이시고 나는 가슴이 부풀었습니다. 하지만 살아오면서 내가 지탱해야 할 일에 많은 역경을 감수하였습니다. 그리고 임의 모습을 존경하며 그르치지 않게 아이들을 보살폈습니다.

　임께서 마지막 세상을 떠나시는 날 나는 가슴이 덜컹 내려앉았습니다. 눈물이 솟고 가슴이 아프고 허망했지만, 그래도 당신과 함께한 10년의 세월은 나에겐 소중한 날들이었습니다. 갈 길을 바라보며 눈물을 닦고 참으니, 이제부터 내가 무엇을 어떻게 해야 할지를 몰랐습니다.

　차츰 나는 가정의 법도를 세우고 살아가는 올바른 정신을 아이들에게 교훈하고, 세상에서 흔들리거나 그르치지 않도록 장성하게 하였습니다.

　형난의 시국을 당하여 모든 것을 뒤로하고 당신의 향촌에 내려와서 살길을 찾다 보니, 농사일과 길쌈거리로 이어 나가고, 국난을 당하고 전쟁에 나가는 아들의 죽음을 단호하게 받아들여 효를 충으로 옮겨서도 용기가 없으면 헛된 사람이라고 했습니다.

　이제는 임의 뜻을 이루었으니 마음을 놓고 세상을 떠날 수가 있습니다. 비록 당신 곁에 눕지는 못하더라도 언제나 저에게 말씀하시고 그리워했던 남쪽의 물 맑은 향촌에서, 임이 주신 것을 가슴에 품고 편히 잠들고자 합니다. 오랜 세월에 정을 듬뿍 담아 온 이곳에서 눈을 감을 수가 있습니다.

『양호 향천의 여상』은 2016년 전남 곡성군에서 출토된 미라와 함께 나온 편지를 근간으로 작성했습니다. 또한 이를 연구하여 게재한 글과 자료들을 보고, 다시금 종적을 찾아 정부인의 생애를 돌아보며 추정하여 적었습니다.

당시에 일어났던 여러 위기적 상황을 겪어 나가고, 향토적 생활에서 비춰지는 그녀의 일대기를 올려 보니 많은 관심을 갖고 계신 분들의 독려를 부탁드립니다.

이덕열의 호는 호연지기를 키운다는 뜻의 양호당이다. 1534년 동고 이준경 선생의 셋째 아들로 태어났다. 그는 의기가 있고 활달하였으며 마음이 순수하고 올바르니 사랑을 받았다. 젊은 시절에는 이황을 배알하여 교훈을 받고, 자신의 뜻과 의지를 키워 나갔다.

조선의 조정이 문란하여 어지럽고 위급한 상황에서, 아버지의 간곡한 뜻을 받아들여 과거 응시를 포기하고 당숙 '이유경'의 양자로 들어가서, 산세가 수려하고 맑은 공기가 넘치는 남쪽의 남원 주위에서 살게 되었다. 그곳은 연산군 때 당숙이 사화를 만나 외조부 '방의문'을 찾아가서 지냈던 곳이었다. 작은 고을에서의 소박한 생활이지만 그의 삶은 따뜻하고 운치가 있는 것을 좋아했다.

그곳에서 한동안 자신의 뜻을 접어 두고 안빈하게 지냈으나 정부인 허씨의 간청이 있고, 과거시험을 보려고 아버지께 자신의 뜻을 올리니 많이 못마땅하였다. 하지만 나중에 문과별시에 등과하였다. 그 후에 아버지 충정공이 세상을 떠났는데 남기신 말씀에 따르고자 뜻을 모아서 유택을 모셨다.

1579년 한양에서 어머니가 돌아가실 때에 아들 중에서 어느 누구도 자식을 얻지 못하니 마음이 매우 아프고 애석하셨다. 어머니의 남긴 뜻을 받아, 자신이 그랬던 것처럼 1580년 종친의 아들을 양자로 받아들이고 마음에 안정을 취하였다. 관직을 받고 일하며 부모님과 자신이 태어난 집안을 새롭게 정리하고 지내는데, 멀리 갔던 노상의 빈자가 돌아오니 나갈 때 몸이 불편한 피서방과 가솔을 딸려 보내기도 하였다.

이덕열의 관직 생활은 평탄한 것만 아니고 곤혹스럽고 난감한 적도 많았다. 아버지 이준경을 질타해 오고 있던 이율곡이 1584년 죽었는데, 그동안 미루어 왔던 동고유고를 그해 가을에 청주목사로 제수되어서 간행하고 신도비를 세웠다.

1589년 10월 정여립 사건(기축사화)이 터져 온통 나라가 시끄러울 때 연루는 되지 않았으나, 선량한 선비들을 국문하여 마구 죽이는 것에 반기를 드니 다음 해 외직으로 축출되어 성주목사로 나갔다. 그런데 똑같은 기축년 10월에 정부인 허씨가 운명하였다.

당시에 허부인의 심정은 양자로 받아들인 '사악'마저도 혼인을 하였지만, 많은 해가 지나서 자식을 낳지 못하게 되었으니 세상에 닥친 인고를 매우 안타까워하면서 지내었다. 당시 조선 시대의 통례적 신분과 관습상 서자녀는 가족으로 받아들이지 않았으니 정부인 허씨는 많이 애가 탔다. 자신이 아이를 낳지 못했으니 잘못이 크고 선친 분들에게 명목이 없다고 여겼다. 어떻게든 이덕열 서방님의 후손을 낳아야 한다는 생각에 사로잡혀서 마음이 아팠다.

'내가 세상에 없다면 후 부인으로 다른 여인을 만나겠지요. 아!

그러니 내가 세상의 끝을 빨리 보아야 해.'

서방님의 연세가 많은데 후계가 없는 것에 책임을 느꼈다. 그런데 38년 동안의 결혼 생활에서 이덕열은 허씨부인에게 한 번도 역정을 내거나 싫다는 표현을 하지 않았다. 정부인 허씨는 간절한 소망으로 눈을 감았다. 이덕열의 눈에서는 많은 눈물이 흘러내렸다. 참으로 기가 막혔다. 부인은 세상을 떠나면서 간곡히 곧바로 후처를 받아들이라는 유언을 하였다.

다음 해인 1590년 봄에 이덕열은 청풍김씨 김운의 딸과 혼인을 하였다. 그리고 1592년 성주목사로 있던 중에 임진왜란이 일어났다. 그런 와중에 아이가 태어났으니, 전란 속에서 후부인 청풍김씨와의 생활은 곤경의 연속이었다. 하지만 부인 청풍김씨에 대한 애정은 너무 깊었으며, 각별히 자상하게 보살피고자 안위를 묻고 염려를 하였다. 그리고 그는 의기 있고 꿋꿋한 기백과 호연지기 정신을 끈질기게 이어 나갔다.

이순신의 적세를 막아 내는 합당한 전술과 정신적 기조가 올바름을 찬동하고, 전쟁의 참혹함을 당하여 조선에 와서 죽은 명나라 군사에 대해서도 제사를 해 주는 것이 마땅하다고 하였다. 이덕열은 혼란한 전쟁 중에도 일어났던 일에 틈틈이 일기를 쓰고 날짜별로 정리하였는데, 전쟁의 상황과 조정에서의 처리를 후대에 알리고자 함이었다.

전쟁이 끝나고 1599년 8월 명나라로 가는 사은부사가 되었는데, 이는 달자들이 자주 출몰하여 노략질을 당하는 겨울철의 동지사 정행도 함께 대비하였다. 나날이 바쁘게 움직이며 궁중을 드나들고 일을 해 오다가 한양의 자택에서 갑작스럽게 아침에 쓰러지니, 곁에서 지키는 임신한 부인의 간곡하고 애절한 간호에도 소용이 없이 눈을 감았다.

이덕열의 행적을 교훈 삼아 지금도 후손은 그를 '양호당'이라고 부른다.

책머리에   4

이덕열에 대하여   7

#01

격분의 성주성

1592년 4월 23일 왜군이 성주 지역의 빌티재를 넘어 들어와 성주성으로 몰려들고 있었다. 여러 군데에서 싸움이 계속되고 있었다. 가까이서 따르는 군졸이 와서 외쳤다.

"목사 영감님! 왜군이 계속 몰려오고 있습니다. 성이 곧 함락될 것 같습니다. 빨리 여기를 피하셔야 합니다. 판관나리하고 군관들이 빠져나간 지가 벌써 오래되었습니다. 군사들도 거의 없습니다."

이덕열이 결의에 차서 말했다.

"어디로 간단 말인가? 나는 가지 않을 걸세. 여기서 남아 끝까지 남아서 지키겠네!"

"어떻게 지키시겠다는 말입니까? 일단 여기에 계시면 안 됩니다. 영감님! 지금 성주성에는 군사들이 거의 없습니다. 이곳을 나가셔야 합니다."

"하여간 난 가지 않을 걸세! 그것보다 그 대신 자네가 할 일이 있네! 내 부인과 아이를 데리고 빠져나가 주게나! 남쪽 남원 지역은 왜군이 아직 들어오지 않았다니 그곳으로 가 주게. 잘 부탁하네!"

"그러시다면 이 칼을 받으십시오! 필요할 것입니다. 영감님은 문관 선비이십니다. 그러니 칼을 다루기 어려울 겁니다. 그래도 칼을 가지고 있어야 합니다. 이것을 가지고 다니십시오."

사실 덕열은 칼을 잡아 본 적이 거의 없었으나 칼을 쥐고서 성의 높은 곳으로 갔다. 왜군들이 성을 새까맣게 둘러싸고 안으로 들어오고 있었다. 왜군에 대비하여 토목공사 정비를 끝내고 있는 곳에서도 넘어오고 있었다. 그렇게 왜군들이 빨리 엄청나게 밀려올지를 알지 못했다.

이덕열은 그대로 바라보며 칼을 움켜잡고 왜군들을 다시 주시하였다. 그때 군사 몇 명이 몰려와 외쳤다.

"목사 영감님이 여기 계신다. 빨리 데리고 가야 한다. 저희를 따라오십시오!"

그러자 이덕열이 답했다.

"난 가지 않기로 하였다. 싸우고 싶지 않는 자는 가라!"

"저희들은 도망가는 것이 아닙니다."

놀란 이덕열이 물었다.

"그러면 너희들은 어디로 가는가?"

"성 밖에 의병들이 모이고 있습니다. 우리는 그쪽에서 합류할 것입니다. 목사님도 그쪽으로 가시지요. 뭣들 하냐! 빨리 모시고 가자!"

성주성이 함락되자, 왜적들은 성주 군민들을 도륙 내고 있었다. 왜군은 군민들을 통제할 대표자를 뽑아서 그들의 명령을 전달시키고, 말을 듣지 않는 사람은 가차 없이 죽였다.

이덕열이 도달한 곳은 의병들이 여기저기서 조금씩 모인 자리였다. 의병들은 그곳에서 대책을 세우고 있었는데, 또 많은 의병이 온다는 소식을 접하였다. 그 후에 계속해서 많은 의병들이 모여들어 왜군의 앞잡이가 된 자를 잡아야 한다고 하였다. 1592년 5월 3일 의병들은 성주성의 가목사 찬희를 잡아서 경상병마절도사 조대곤에게 압송했다.

이덕열이 그곳에 있으니 흩어진 군사들이 모여들었다. 그러나 군관들이 거의 없고 판관도 없었다. 성주성 탈환을 위해서 의병들과 잔류 군사들이 합류하여 왜적과 싸움을 벌였지만 성과 없이 대치상태에 들어갔다. 이덕열은 분발한 병사들을 지휘하고 격려하며 더 많이 모이기를 기다렸는데 그리 많지가 않았다.

그런데 방어사가 병력을 별도로 조직하고 이를 지휘하는 배설장군을 보내고 새 판관이 왔다고 하니, 이덕열은 흩어진 성주성의 군사들에게 도남리로 가라고 하며 합세하였다. 하지만 열세에 밀리며 전투는 난항을 겪었다. 의병들이 상당히 많이 집결했는데 배설과 판관의 뜻에 거슬려서 전투를 행하다가 모두가 무너졌다. 성주성에서 빠져나온 많지 않은 군사들은 앞장서서 나가 싸우다가 총탄을 맞고 죽음을 당하였다.

이덕열은 지금까지 함께하며 지냈던 군사들의 참혹한 모습을 차마 볼 수가 없었다. 접전이 되면서 성주성에서 온 군사들이 줄어들자 지휘권은 힘을 잃고 역할이 상실되어서 의병장들과 계책이 번복되었다. 성주성은 계속된 오랜 전투에도 탈환하지 못하고 더욱 큰 난항이 되어 장기전으로 돌아섰다.

　이덕열은 전투에서 힘을 쓰지 못하고 마음이 난감하기만 하였다. 그러면서도 오래전에 성이 함락될 때 헤어진 후 소식이 없는 부인의 안위가 걱정되고 아이도 많이 보고 싶었다.

#02
절박한 피신

한편 성주성이 함락될 때 이덕열의 부인은 방에서 아기를 안고 발을 동동 구르고 있었다. 그때 왜적 두 명이 방 쪽으로 마구 들이닥치고 있었다. 그때 마침 호위하여서 데리고 갈 군졸과 싸움이 벌어졌다. 다행히도 그 군졸이 잽싸게 두 명을 칼로 쓰러뜨렸다.

"마님! 빨리 여기를 피해야 합니다. 왜군들이 몰려옵니다. 성주님께서 빨리 여기를 빠져나가라고 하셨습니다."

둘째 아이를 임신한 부인은 첫아들을 데리고서 일꾼 머드리와 여종을 따르게 하여 물건을 대강 챙겨서 나갔다. 왜적이 몰려오는 곳을 피하여 간신히 후미 쪽으로 나왔는데, 그때 그녀의 오라버니와 동생이 들어오면서 마주치며 놀라고 크게 걱정하였다.

일행은 서둘러서 산 쪽으로 들어갔다. 그녀의 오라버니가 가는 도중에 다른 피신처가 될 만한 곳을 찾을 수 있다고 하였다. 그러나 그곳도 지금 어떠한지 알 수 없는 상황이었다. 도중에 군졸은 길을 주시하면서 일반인 복장으로 갈아입었다.

산속이 너무 험한 탓에 다시 큰길 쪽으로 내려오는데, 조선 사람 같은 도적들이 들이닥치며 길을 막았다. 그런데 뒤쪽으로는 저만치 왜적들이 많이 있었다. 신분이 노출되면 안 되어서 서로가 살피고 조마조마해하고 있는데, 그들이 머드리가 가지고 있는 커다랗게 잘 싸여 있는 짐 보따리 쪽을 보더니 그것을 내려놓으라고 하였다. 그 안에는 칼도 보자기에 싸인 채 들어 있었다.

부인은 그 짐을 내려서 주라고 하였다. 도적들은 보따리 짐을 그대로 통째로 가져갔다. 그러면서 다시 일행을 왜적에게 데려가려고 머뭇거리는 사이, 도적들 중 한 명이 마구 무서워 떨고 있는 여종을 쳐다보면서 일행에게 빨리 여기에서 벗어나라고 하였다.

도적들은 아마도 보따리를 왜적에게 가져가려는 것 같았다. 왜적들이 저만치 지켜보고 있는데 무엇을 어떻게 할 수가 없었다. 더구나 군졸의 칼까지 가져갔으니 이런 상황에 도적과 싸워서는 안 되었다. 멀리 가라고 말할 때, 모두들 되도록 빨리 이곳에서 멀리 피해야 했다.

일행은 작은 보따리들을 주워서 들고 급히 멀리 다시 산으로 들어갔다. 날이 곧 어두워지는데 가는 길은 험난하기만 하였다. 마음이 혼란한 부인은 서방님 덕열의 생사가 계속 궁금한 데다 험난한 산속에서 데리고 가는 아기의 걱정도 태산 같았다. 아기가 소리를 내지 못하도록 숨을 죽이며 가야 하니 가슴이 조마조마했다.

새벽이 되어 간신히 가는 길의 시야가 보였다. 우선 성주성 가까이 있다면 왜적에게 노출되어 더욱 위험하였다. 산 쪽으로 들어가서 모두들 주변을 살피며 큰길이 있으면 그곳을 피해서 가야 했다. 다시 밤이 되기 전에 가능한 한 성주성에서 멀리 빠져나가야 했다.

일행은 우선 오라버니가 말해 준 곳으로 가서 피신하기로 하였지만, 길이 험난하기만 하고 마땅히 쉴 만한 곳이 없었다. 벌써 여러 날을 노출되지 않고 산속으로만 가다가 오라버니는 간신히 조그만 부락을 찾았는데, 그곳도 왜적이 들어온 것 같아서 심상치 않았다.

살펴보니 다행히 왜적은 보이지 않았다. 마을에 들어가 부락장을 만나 인근에 친척들이 살고 있다는 말을 하니, 그는 많이 놀라워하더니 고개를 끄덕이며 지낼 수 있도록 허락해 주었다. 부락장의 호의에 요기까지 하니 부락 사람들에게 너무나 고마울 따름이었다.

다음 날, 군졸이 앞으로 갈 길을 오라버니와 상의하고 함께 온 사람들을 부락에 둔 채 돌아갔다. 남은 사람들은 가져온 작은 짐과 보따리들을 풀고 일행은 한동안 그곳에서 지냈지만, 계속해서 있을 수는 없었다. 왜적이 언제 들어올지 몰라 마을 사람들도 많이 불안해하니 다시 떠나기로 하였다.

그때 험상하게 보이나 듬직한 하인 연세가 무장을 한 채 여종 둘을 데리고 서둘러 와서 덕열 서방님의 편지를 전하였다. 성주로 돌아간 군졸이 가족 모두가 마을에 피신해 있다고 알리자, 왜적들이 의병과의 싸움으로 물러난 틈을 타서 연세를 보내 큰길을 살펴서 왔다고 하였다. 부인은 소식을 받고 너무나 기뻤다.

그동안 걱정을 많이 하였는데 모두가 오랜만에 도착하였다는 소식을 들으니 무척 기쁘오. 이제야 내 마음이 한결 안심이 됩니다. 그런데 도중에 잡힐 뻔하였다 하니 나의 간담이 서늘하였소! 오래 걸렸어도 들어갔으니 천만다행이오.

나도 무사하오. 여기는 왜적들이 가득하고 관원들은 달아났으니 나의 길도 막막하기만 합니다. 비록 살았다 한들 무엇으로 이 한 몸 꾸리고 살까 싶소. 한양에서도 임금께서 궁전을 버리고 나가셨다 하니 어떻게 해낼까 여의치가 않습니다. 부인을 다시 보게 될 날을 기다리며 지낼 것이오.

1592년 5월 8일.

부인은 연세를 곧바로 다시 보내면서 답장한 편지에, 서방님이 부탁한 물품을 제대로 보낼 수 없음을 안타까워하며 지금 여기도 위험하니 떠나야 한다고 말하고, 이곳으로는 누구든지 와서는 안 된다고 덧붙였다.

일행은 다시 곧바로 남원 쪽을 향하여 떠나야 했다. 거기는 왜적이 안 들어왔다고 하니 안심이 되었다. 떠나며 부인과 오라버니는 부락장에게 매우 감사하다는 인사를 전하였다.

큰길은 왜적이 들어올 것 같아 다시 산으로 올라가 골짜기를 지나고 계속 산을 넘어갔으나 쉴 만한 곳이 없었다. 임신한 부인은 밤에도 어린 아기를 달래며 산을 타고 숲속으로만 길을 택하였다. 그런데 오라버니가 도중에 장수현으로 가자고 하였다. 그곳에는 태숙 아버님과 친하게 지내시는 오희문 어르신이 계셨기 때문이다.

큰 길목으로 들어서서 가려고 하니 상황이 달라졌다. 산에서 길이 있는 곳을 내려다보니 왜적들 서너 명이 쉬고 있었다. 벌써 왜적이 여기까지 와 있을 줄은 미처 알지 못했다. 비교적 길이 넓고 지나가기가 편리하니 말을 타고 이곳까지 쉽게 달려온 것이었다. 계속 지켜보고 있으니, 아마도 지역을 탐지하고 주변을 살피려고 온 것 같았다.

그렇게 왜적이 길을 가로막고 있으니 얼마나 오래 기다려야 할지 알지 못했다. 오라버니 형제는 누이가 많이 몸이 안 좋은 상태여서 염려가 되었다. 다시 산속으로 들어가면 멀리 돌아서 가야하고 그만큼 시간도 많이 걸려야 했다. 김정로(부인의 오빠)가 말했다.

"어떻게 저곳을 지나갈 수 있단 말인가? 저들을 유인해서 다른 곳으로 가도록 해야 할 것 같다. 빨리 저 너머에 오희문 어르신이 계시는 곳으로 가야 하는데⋯."

마음이 다급하고 앞길이 막막하여 한숨을 쉬자, 부인이 말했다.

"왜적들 서너 명이 눈앞에서 왔다 갔다 하는데 어떻게 지나갈 수 있단 말이오? 우리가 왜적이 나와서 있는 것을 미리 알았더라면 멀리 돌아서 갔을 것이오. 이제 와서 다시 돌아서 간다면 반나절이 걸리는데, 그곳에도 중간 지점에 왜적이 있을지 모르는 일입니다."

하니 김정로가 동생 김정보를 향해 말했다.

"정보(부인의 남동생)야, 어떻게 하면 좋을까? 우리 이렇게 하자. 저기 서성거리는 왜적들을 유인하자! 그리고 우리 모두는 여기에 숨어서 대기하고 있고, 내가 저기 왜적들이 있는 곳으로 가는 거야. 그들이 나를 보는 순간, 다른 방향으로 멀리 가면서 따라오도록 하는 거지. 여기 우리 쪽이 보이지 않는 다른 곳으로 가도록 하는 것이다. 나는 왜적이 급히 쫓아오면 빨리 멀리 뛰어 달아날 것이다. 그러면 너는 누이와 사람들을 데리고 저 길을 건너서 산속으로 넘어가라."

그러자 정보가 말했다.

"형님! 내가 저들을 유인할게요. 내가 형님보다 젊고 뛰는 것도 더 빨라요!"

"그러냐? 그러면 네가 저들을 유인해라. 대신, 각별히 조심해라! 무조건 딴 방향으로 여기가 보이지 않게 멀리 뛰어라! 알겠지?"

"예, 형님. 그러겠습니다. 정로 형님도 모두 몸조심하세요."

정보는 그곳을 내려가 멀찌감치 떨어져서 왜적이 있는 곳을 쳐다보고 서 있다가 앉았다가 하면서 무엇인가를 찾는 시늉을 했다. 그러자 이 모습을 발견한 왜적들이 정보에게 다가갔고, 놀란 정보는 갑자기 달아나기 시작했다. 이에 왜적들도 모두 쫓아서 뛰었다. 정보가 뛰어서 멀리 가는 것을 본 정로는 모두 함께 내려와서 그 길을 건너 산속으로 들어갔다.

한편, 정보가 급하게 뒤를 보면서 뛰어가고 있는데 마침 다른 곳에서 갑자기 나타난 왜적과 마주쳤다. 그리고 붙잡혀 버렸다. 그들은 목에다 칼을 겨루고 뭐라고 지껄였다. 정보의 목에 칼자국이 나면서 피가 흘렀다. 정보는 그들의 괴팍스런 목소리를 듣고 눈을 쳐다보다가 재빨리 주머니에서 언젠가 누님에게 주려고 했던 옥구슬을 꺼내서 주었다.

옥구슬을 받아 든 그들은 서로들 뭐라고 하더니 정보에게 칼로 방향을 가리키며 돌아가라고 하였다. 그러고는 서둘러서 다른 곳으로 가 버렸다. 그들이 급히 멀리 다른 길로 사라지자, 정보는 주위를 보면서 '장수현'으로 방향을 돌려 뛰기 시작했다.

일행이 산을 넘어 내려가서 살피니 장수현이었다. 그곳에는 아버지 태숙과 절친하게 교우하는 오희문이라는 분이 살고 있었다. 찾아가서 뵈었을 때 정보가 달려서 늦게 왔는데 목에 피 흘린 자국을 보고는 놀랐다. 오희문은 너무나 반가워하면서 그동안 겪은 이야기를 듣고는 고생한 것에 안쓰러워하며 걱정하고 많이 잘 보살펴 주었다. 그러나 이곳도 언제 왜적들이 들어올지 몰라 위험하다고 하였다.

다시 모두가 바삐 남원으로 발길을 돌렸다. 남원(용성)에 친척이 몇 분 살고 있었고, 주포방 옛집은 아주 오래전에 남원에 들렀을 때 아버님을 따라 오라버니와 함께 가서 본 적이 있었기 때문이다.

#03

혼란을 겪는 대항

한편 덕열은 부인과 일행이 장수현으로 간 것을 모르고 소식이 끊겼으니 남원에 도달하지 못한 것이 궁금하고 걱정을 하고 있었다. 마음이 답답하지만 알 도리가 없었다. 그렇지만 덕열은 좀 더 군력을 모으며 부족한 병력으로 왜적과 맞서기가 힘이 약하니 의병들과 합세하여 전략을 세워 나갔다.

민간에서 향도의 김면이라는 사람이 난리 속에 일시적으로 백성의 동향을 살피고 진정시키는 초유의 일을 하고 있었는데, 조정에서 파직을 당한 김성일을 다시 유성룡이 건의하여 초유사가 되어서 내려왔다. 김성일은 임진왜란 전에 선조 임금이 전쟁 준비 동향을 탐지하기 위해 일본에 부사로 임명하여 보낸 사람인데, 그는 일본에 다녀와서 도요토미 히데요시는 전쟁을 일으킬 만한 위인이 못된다며 전쟁 위험이 없다고 말한 사람이었다.

초유사가 내려오자 김면은 의병대장이 되었는데, 왜적을 물리치고 방어를 하는 데 혼선이 빚어졌다. 명을 받아 관군의 주력장수로 내려온 배설과 사이가 안 좋아 서로 책임 회피와 오해가 발생한 것이었다. 배설이 성주성을 점거한 왜적의 수가 많고 저항이 드세니 지금의 여건상으로는 왜적을 치는 것이 쉽지 않다며 적절한 기회를 찾아 때를 기다리자고 하였는데, 의병장들은 좀 더 숙고하지 않고 집결하여 경솔하게 공격을 하며 성벽을 타고 오르는 기구도 없이 돌진하다가 왜적의 총탄 속에서 많은 병사들만 죽었다.

게다가 후퇴하면서 궤멸되어 한 진영도 굳게 지켜 내지 못했다. 그럼에도 패한 원인과 죄의 책임을 의병에게는 묻지 않고 관군의 배설에게만 주니, 승복하지 않고 불만을 토했다. 배설은 자신의 공을 세우려는 욕심이 강한 사람이었다. 계략이 있고 사졸도 잘 다루었지만, 사람됨이 자기보다 나은 사람을 싫어하고 혼자서 전공을 이루려고 하니 남과 일을 협력하여 함께하려는 생각이 없어 애석한 일이 되었다.

왜적이 들이닥쳐서 본진의 관사와 창사를 점거하였는데, 관군이 화공으로 방어하며 쫓으니 왜적들은 창사로 들어가서 합세하여 대적하였다. 아군이 신속히 몰아붙이니 왜적은 벽에 구멍을 뚫고 그 사이로 총탄을 마구 쏘아 관군이 죽고 많은 부상자가 나왔다.

멀리 있던 의병대장 김면이 소식을 듣고 군병을 이끌고 도착했을 때는 날이 다 저물어서였다. 죽고 부상당한 병사들을 본 김면은 배설의 성주관군이 신속히 제대로 대항하여 싸우지 않았다고 책망하고 군관을 처형하려고 하니, 배설이 소리를 높여 김면을 꾸짖으며 오히려 막아섰다. 그러니 서로 오해가 발생한 것이다. 사실상 군권은 조정에서 명을 받고 온 배설에게 위임되어 있는 것이나 다름이 없었다.

덕열은 주위 상황을 살피고 관망세를 지켜보았다. 의병들의 지세가 높은 만큼 서로 협심을 해야 하는데, 배설과 김면은 서로의 대응력이 다르고 권한과 지시에 따돌림을 받는 것 같았다. 덕열 자신도 이전에 성주성에서 나와 의병들이 있는 곳에서 처음 일어났던 일을 되돌아보니, 마치 스스로 근신을 하는 것같이 여겨져 마음이 혼란스러웠다.

한번은 성주성 전쟁 전에 관원으로 있던 자가 아녀자를 농락하고 재산을 훔쳐 도주하여 잡히지 않고 있었는데, 그자가 의병이 되어서 버젓이 돌아다니고 있으니 군관이 와서 보고하기를,

"그자와 서로 보며 상응하는데 죄책감이 없고 너무 뻔뻔하기만 합니다. 도망자를 내버려 두면 군기를 무너뜨리고 다른 병사들에게도 기강을 세울 면목을 잃으니 그대로 있으면 웃음거리가 될 것입니다."라고 하였다. 그래서 덕열은 의병장에게 말하고 그자를 데려다가 벌을 주었다. 그런데 누군가가 초유사에게 보고하기를, 성주목사가 의병을 장형하여서 의병들이 힘을 잃고 무너지며 흩어져 달아날 것이라고 성토하였다. 보고한 내용을 그대로 믿은 초유사가 덕열에게 힐책을 보내니, 군력이 잃은 덕열은 마음이 괴롭기만 하였다.

그런데 덕열에게 위안을 가져다준 것이 있었다. 의병의 전략을 세우는 자가 주변 형세를 살피고자 적합한 사람을 찾아서 내보냈었

는데 돌아온 것이었다. 남원에 가족이 있고 동생이 왜적에 사살된 사람이었다. 떠날 때 성주 아래 거창 지역은 한참 접전이 벌어지고 있으니 그쪽 길을 피해 큰 산을 넘어 전주 쪽으로 들어가서 왜적의 상황을 살피고 남원으로 다녀온다고 하였다.

그때 덕열이 남원의 부인이 있는 곳을 말하고 다녀왔으면 좋겠다고 부탁하였는데, 그가 돌아온 것이다. 남원 지역은 왜적이 없어 다행이나 부인이 있는 집은 아직 사람이 없다고 하니 덕열은 부인과 가족이 어떻게 되었는지 혼란스러웠다. 그 사람 말에 따르면 전주 경내에서 패한 왜적이 금산으로 물러갔다가 옥천으로 간다고 하니 남원 쪽으로 들어가지 않은 것이 다행이었다.

그 후 8월 중순이 되어 다른 세력의 왜적들이 한참 혼전을 벌이고 있는 거창 지역을 지나 남원 쪽으로 진입하고자 하였으나 매복하고 있던 의병대장 김면에 의해 격멸되었다. 왜적들이 전라도 진입을 거의 포기한 상태가 되었으니 덕열은 좀 더 안심이 되었다.

의병들이 모여들면서 기세가 커지고 왜적들에 맞서 적대심이 높았지만, 조직체계와 전략이 미비한 경우가 발생해 수습하기도 어려웠다. 한번은 배설이 왜적과 위급하게 싸우고 있을 때 의병유사가 군병을 끌어안고 구원하러 가지 않았으므로 덕열은 그자를 불러서 책임을 물으려고 하였는데, 초유사가 그자는 의병이므로 문책할 수 없다고 하였다.

게다가 관군은 의병의 집결지에서는 기존 주민들에게서 식량을 얻어 갈 수 없다고 하니, 덕열은 병력을 유지하기 위해 모자란 식량을 구하는 방도를 찾아 나서야 했다. 식량을 지원받는 것도 쉽지 않으니 병사들의 저력은 약해질 수밖에 없었다. 곳곳마다 의병들이 있는데 관군은 그 지역에서 식량의 도움을 받을 수가 없으니 고난과 불평의 연속이었다.

덕열은 이러한 상황 속에서 병사들의 사기가 떨어지지 않도록 이리저리 대안을 찾아 나섰다. 그러던 중에 설상가상으로 몸이 소모되고 시름 속에서 학질이 나서 고열을 가누지 못하고 칩거를 하니 참담한 형편이 되었다.

9월이 되고 나서 왜적들이 이동하면서 개령으로 합세를 하고 있었는데, 이를 저지하라는 김면의 명령을 배설이 무시하였다. 김면은 의병대장으로 있다가 조정에서 내린 관직을 받아 첨지중추부사로 임명되었는데, 이는 배설보다 더 높은 지위였다. 그런데 배설은 이 같은 사실을 모른 채 김면이 자신보다 하위관리라고 여기고 업신여겨 명령을 따르지 않은 것이다.

왜적들이 많이 합세를 하고 분탕질을 하는데도 배설은 상황만 지켜보다가 자신의 공을 세우지 못하니 5리 밖으로 물러나서 왜군이 근처에 오자 다른 곳으로 달아났다. 서로가 우매하고 전투력이 결여된 어처구니없는 대항이었다. 패배를 하고 나니 왜적들은 다시 기세를 피우고, 우리 병사를 생포하면 의례히 거꾸로 매달고 불에 태워 죽이니 통탄스러웠다.

무색한 날들

이덕열이 있는 성주는 9월 중순이 되면서 의병들이 계속 들어오고 싸움이 다시 지속되었다. 이덕열은 아직까지도 연락이 없는 부인의 안위를 크게 걱정 중이었다. 그런데 마침내 처남 '김정보'가 남원에서 돌아와 덕열이 왜적들과 접전을 벌이며 대치하고 있는 곳을 찾았다. 덕열은 셋째 처남 '정보'를 다시 만나니 무척 반갑고 손을 꽉 잡으면서 고마워하였다.

'정로' 형님과 함께 성주로 오는 도중에 집안 사정이 급해 먼저 보내 드리고, 좀 더 거리가 가까운 자신이 왔다고 하였다. '정보'는 그동안 누님과 일행이 남원에 겨우 도착할 때까지 오랫동안 겪은 이야기를 하고 급한 상황 속에 떠났다. 덕열은 오랜만에 부인의 소식을 들으니 다행스럽고 마음이 안심되었다.

그러나 다시 점차로 많은 날들이 지나며 아무런 소식이 없는 데다 그 지역의 상황을 알지 못하니, 심정이 답답해지고 그대로 있을 수밖에 없는 자신의 처지에 한심하였다. 그러던 와중에, 왜적을 피해 흩어져 사라졌던 예전의 하인들이 덕열이 있는 곳으로 찾아서 돌아오니 반가움에 그들을 격려하였다.

의병들이 계속하여 모여들었지만 전략이 서로 합치가 안 되면서, 혼동 체제 속에 착오로 지시가 헛되고 성주성 탈환이 점점 어려워지고 있었다. 이덕열은 성주성에서 온 군사가 많이 없으니 제대로 실권을 부여받지 못한 상태에서 지내게 되었다. 그렇게 지내는 중에 장인어른께서 근심이 되어 막내처남 '김정간'을 보내었다. 처남 정보가 돌아가서 장인어른께 연락을 하여 상황을 전해 드리니, 정간에게 통보하여 덕열에게 다녀오라고 한 것이었다.

그런데 정간은 왜적을 보면 피하지 않고 달려가서 대적을 하려고 하니 위험하기만 하였다. 덕열이 처남 정간에게 왜적을 보면 무리하게 달려들지 말고 그들의 상황을 보고 싸워야 한다고 말했다. 자신은 힘이 약한데 많은 왜적을 보고 섣불리 뛰어들어서는 안 된다는 취지였다. 하지만 어릴 때부터 성격이 급한 정간은 왜적들을 향한 울분을 참지 못하였다. 덕열은 그런 정간이 걱정되기도 하고 부인의 소식도 궁금하여 다시 처남을 남원으로 가게 하였다.

다음 날 9월 18일, 이덕열에게 안 좋은 소식이 들어왔다. 양아들 '사악'이가 왜적에게 강원도 원주에서 붙잡혀 있다는 것이었다. 이덕열은 마음이 덜컹 내려앉고 혼란스럽고 곤혹스러웠다. 설상가상으로 마음이 아프니 몸도 활력을 잃고 지내는데 우도감사에게서 전갈이 왔다.

시일이 오래되어도 더 이상 성주성에서 나온 적은 군사로 그곳에서 의병들과 반목하며 머무르는 것은 무모한 일입니다. 조정에 파출을 올려서 내려왔으니 이제 홀로 떠나가 있으시오.

이에 이덕열은 우도감사에게 편지를 써서 전하였다.

내가 이곳에 있는 것은 상황에 적절하지 아니한 것입니다. 기왕 파출을 당하였으니 청컨대 속히 물러나 임금이 계시는 행재소의 조정으로 가고 싶소이다.

그러자 9월 22일 다시 감사에게서 전갈이 왔는데, 새 판관이 도임하면 물러가도 좋다고 하였다.

주변 지역에 흩어진 왜군들이 의병들로 둘러싸인 성주성으로 틈을 타서 들어간 후 수비를 위해 집결하고 있었다. 의병들의 공략이 맹렬해지자, 왜적은 성주성에 굳건히 보루를 세우고 발악을 하며 대치 상태에 들어갔다. 마침내 이덕열은 행장을 꾸려서 왜병이 없는 곳을 지나 경상도 거창으로 갔다. 거창 지역에서는 왜군이 빠져나갔고, 우도 감사가 다른 방향으로 올라가고 있는 왜군을 탐지하고자 그곳에서 머물고 있었기 때문이었다.

덕열은 그동안 왜군과 싸우며, 의병들과 주위에서 겪어 왔던 왜곡된 상황을 감사에게 차근차근 소상히 이야기하였다. 그리고 지금으로서 아무런 직책도 없으니 선조 임금이 계시는 곳으로 가서 근왕을 하고 싶다고 다시 말하였다. 그러자 감사가 그 뜻을 올리겠다고 하였다. 그곳에서 나온 덕열은 부인이 있는 남원을 향하여 발길을 돌렸다. 그러나 어딘가에서 왜적들이 갑자기 나타날 수도 있는 상황이니 각별히 조심하여 살펴서 가야 했다.

덕열이 9월 초에 듣기로는 영규가 일으킨 승병들이 금산으로 쳐들어갔고, 왜적들이 무주로 물러났다고 하였다. 하지만 그렇지도 않은 것 같았다. 가는 도중에 다시 들은 말에 의하면 합세한 의병과 승병이 전사하고, 왜군도 죽은 자가 너무 많고 큰 손상을 당해 무주와 옥천에서 퇴각했다고 하니 자세히 알 수가 없었다.

무주에서도 남원으로 내려가는 길이 있는데 그곳에 왜적이 없다면, 남원 쪽은 안전하다는 생각이 들었다. 호남 지역에 왜적이 없을 때 막내처남이 남원으로 내려간 것도 다행이었다. 또한 그동안에 거창 지역을 드나드는 왜적들이 진주로 나갔다고 하니, 전라도로 들어가는 길이 안전하다고 여겨졌다. 하지만 왜적의 잔당들은 곳곳에 남아 있을 거라는 생각을 하면서 덕열은 방장산 아래 운봉 마을을 통하여 남원으로 갔다.

며칠이 걸려 남원으로 들어가면서도 마음은 계속 안정되지 않았다. 사악이 어떻게 되었는지 생사 여부는 물론 행방을 전혀 알 수가 없었기 때문이다. 막내처남 김정간의 소식도 궁금하니 답답하기만 하였다. 장인어른이 막내처남을 보낸 것은 지난번 남원에 다녀왔던 둘째와 셋째 처남이 왜적을 만나 곤혹을 치른 탓에 아슬아슬하여서였다. 그래서 건장하고 날렵한 막내처남 '김정간'이 온 것인데, 남원으로 보내고 안심을 했으나 소식이 끊기니 걱정이 되었다. 또한 그 후에도 덕열은 데리고 있던 하인과 종들을 남원과 한양으로 보냈으나 아무런 연락이 없었다.

#05

위기의 사악

한편 양아들 '이사악'은 아슬아슬하고 고통스러운 죽음의 위험에
직면해 있었다. 사악은 온정이 있는 성격에 아름다운 자연을 보면
서 지내는 것을 좋아하였다. 자라면서 사악은 나이가 많은 광악 형
님이 어릴 때 무예를 연마하는 모습을 보고 따라서 익히며 조금 배
웠을 뿐, 광악 형님만큼 무술을 좋아하지는 않았다.

그래도 무관이 되어 한양의 큰 산을 지키는 '사산감역'이 되었다.
이후 온통 난리가 나서 왜적들이 쳐들어온다고 하니 임금이 한양을
비우고 피신을 하였다. 그러자 친부인 '호약' 아버지께서 너의 형
광악이가 지금 전쟁터에 나가 싸우고 있으니, 나라가 위급한 상황
이므로 너도 나가서 싸우라 하였다. 부인도 아버님 말씀에 따르라
고 하였다.

사악이 말을 타고 출발하여 왜적들이 오고 있는 길목의 원주 지
역 의병에 들어가려고 하였는데 그만 포위되어 붙잡히고 말았다.
왜적들은 사악의 목을 묶어서 말 밑 안장에 매단 채 계속 질질 끌고

다녔다. 그리고 늦게 가거나 넘어지면 나무 자루로 마구 내리쳤다. 사악은 다리가 휘어지고 귀와 머리가 찢겨서 피를 흘렸다. 잠깐 멈추더라도 허리가 아파서 제대로 서 있지를 못하고 눕는 자세로 엎어져 있어야만 했다.

그렇게 하루 종일 끌려다니다가 왜적들이 말에게 물을 먹이려고 마을에 들어가면 붙잡아 온 조선 사람들에게 겨우 밥을 조금 주었는데, 그것은 돌과 겨가 섞인 것이었다. 왜적의 우두머리는 나무그릇에 흰쌀밥을 담아 국과 채소, 생선을 먹었다. 왜적들은 가는 곳곳마다 약탈을 하고 아녀자를 욕보였다. 마을은 순식간에 아수라장이 되고 사람들이 소리를 지르며 울부짖고 불에 타고 있는 집에서 뛰어나오곤 했다.

왜적들은 붙잡혀 온 조선인들을 1592년 8월 21일 영월 봉서루로 데려갔다. 그들 중에는 평창군수 권두문과 고종원 형제가 있었다. 서로 잡혀 온 이야기를 하던 중 가족들이 처참하게 당한 대목에서는 너무 슬픈 나머지 서로서로 손을 잡고서 울었다.

이사악은 찢어진 귀와 머리를 돼지가죽을 얻어서 덮어 묶고 그대로 바닥에 누워 버렸다. 두고 온 부인을 생각하니 눈물이 났다. 사람들이 사악을 쳐다보며 염려를 하니, 눈물을 닦았지만 또 흘러나왔다. 허리가 너무 아파서 앉아 있을 수가 없었다. 그러던 중 다시 왜적은 일행을 주천 빙허루에 데려가서 감금하였다가 원주 관아로 들어가 한동안 목책 속에 가두어 두었다.

끌려온 사람들의 이야기에 의하면, 원주 목사 김제갑이 싸우다 죽었는데 목사 아들의 목을 매달고 다니면서 한양으로 보낸다며 위협하고 있다 하였다. 또 조선인 부역자들을 왜적의 복장으로 입혀, 나무로 된 무기를 들고 다니게 하여 왜적의 수가 많아 보이도록 하고 있으며, 아직도 원주 인근에 불을 지르고 가차 없이 칼로 죽이며 포목과 식량을 약탈하고 있다고 하였다.

왜적들은 잡혀온 사람들을 모두 죽이려는 것 같았다. 왜적들은 특히 관리나 양반 복장을 한 조선 사람을 데려다가 먼저 죽였다. 그러니 그런 옷을 입고 있으면 위험하여 허름한 행색의 옷으로 갈아입어야 하는데, 구하는 것이 쉽지가 않아 사악은 겨우 얻어서 밤에 몰래 갈아입었다.

나중에는 모두 죽이려는 모양인지 먹을 것을 아무것도 주지 않았다. 굶주린 사람들은 배를 움켜잡고 힘없이 눕거나 기대어 있었다. 그런데 왜적들이 멀리 있고 감시를 하지 않자, 한 사람이 일어서서 주위를 보더니 주머니에서 콩을 꺼내 얼마씩 나누어 주었다. 그것은 볶은 콩이었는데 영월에서 조선인 관리가 붙잡히면서 몰래 준 것이 조금 남아 있었다고 하였다.

9월 초인데 먹구름이 깔리고 칠흑 같은 밤이 되며 천둥 번개가 치고 비가 내릴 때 탈출을 시도하였다. 보초를 서고 있는 왜적들이 잠에 곯아떨어진 사이, 일행은 천장을 뚫고 들어가 기둥을 타고 내려가서 밖으로 나갔는데 목책에 가로막혀 버렸다. 종원 형제가 목책 기둥을 뽑고 간신히 빠져나갔는데, 앞이 잘 보이지 않은 탓에 수렁 같은 곳에 빠져서 나가지를 못하고 힘이 들었다. 일행은 흩어지면서 사악은 권 군수가 있는 쪽으로 방향을 잡았다. 그때 왜적이 쫓아왔는데 뒤쪽에서 고종원의 동생 종길이는 칼에 죽음을 당하였다. 권 군수도 다리에 상처를 입고 절뚝거렸다.

어둡고 비가 쏟아지니 서로를 분간하기 힘들고 갈 곳을 찾지 못하여 앞에 가는 사람의 소리만 듣고 뒤따르고 쫓기며 한참을 갔는데, 사악은 아픈 허리를 하며 어떻게 살아 나왔는지 정신이 없었다. 함께 빠져나온 사람들은 모두 기진맥진이었다. 노출을 피해서 산속으로 들어가 왜적들이 없는 곳을 향하여 서둘러 길을 재촉하는데, 사악은 허리가 아파서 제대로 걷지를 못하고 도저히 견딜 수가 없었다.

이윽고 한 외딴 마을에 도달하고, 일단 마음에 안도감을 가졌다. 그 후에 사악은 허리 부상 때문에 왜적을 피해 숨어서 허리를 치료하며 지내다가 한양에서 왜적이 물러났을 때 돌아왔다.

#06
애틋한 눈물

선조 임금은 왜군을 피하여 명나라와 국경에 가까운 의주에 있었다. 덕열은 임금이 머물고 있는 행재소로 가기 전에 남원으로 향하여 부인과 얼마만이라도 함께 지내고 싶었다. 근왕을 하겠다고 명을 올렸기 때문에 머나먼 의주로 찾아가야 하는데, 우선 남원으로 가급적 빨리 가고자 하였다. 각 고을을 지날 때 쉬어 가는 곳에 머무르면 수령이나 아는 사람이 찾아와서 왜적의 상황을 묻고 이야기를 하니 지체되어 마음이 조급하고 안타까울 따름이었다.

말을 재촉하여 좀 더 가까워지자 다시금 오래전에 부인의 모습을 떠올리다가 첫아이 성룡(사성)도 어떠한지 빨리 보고 싶어졌다. 그리고 지금쯤 둘째 아이가 태어날 날이 얼마 남지 않은 것 같다고 생각하니 더욱 말을 세게 달리었다. 남원의 주포에 거의 도달하자 말에서 내려 주변을 보니 마음이 새로워 지난날을 회상하게 되었다.

그 옛날에 주포는 정이 많이 들어서 좋은 곳이었다. 한참 젊었을 때 한양에서 남원으로 내려와 양부 유경 어르신을 만나 뵙고 한동안 지낼 때가 눈에 선하였다. 산새가 무척이나 좋아 맑은 개울물이 흐르고, 주변이 아름다우며 편안한 곳이었다. 유경 아버님이 세상을 떠나셔서 3년간 주포에서 시묘하며 지낸 것을 떠올려 보기도 하였다.

덕열은 천천히 젖혀진 울타리 안으로 들어갔다. 부인이 나오면서 덕열을 보자 눈시울을 적시었다. 오랜만의 상봉이었다. 부인은 그동안의 고생을 떨쳐 버리고 애틋한 눈물을 흘렸다. 서방님이 살아서 오시는 것만으로도 기뻐하였다.

"내가 자네에게 미안하네! 제대로 아무것도 잘해 주지 못하고 왜란을 만났으니 무엇을 남기리오! 그저 염려하고 걱정만 하는 것만 같소."

그렇게 말하니 부인이 답했다.

"저도 걱정을 많이 하였습니다. 그동안 이곳에 와서 있어도 영감님이 어떻게 될까 봐 내내 근심을 떨쳐 버릴 수가 없었습니다."

이덕열도 눈시울이 뜨거웠다. 부인의 얼굴을 바라보며 손을 잡으니 기쁘고 마음이 상기되었다.

"혼인을 하고 아이가 태어났고, 다시 불편한 몸이 되어서 전쟁이 일어났으니…. 부인이 나에게 호의를 받고 지내야 하는데 그렇지 못하여서 미안하오!"

그러면서 덕열은 부인을 따라 나온 첫째 아이를 껴안았다. 부인은 둘째 아이를 임신한 상태였다. 덕열이 부인에게 피난길에 큰 고생이 많았는데 몸이 어떠냐고 물으니, 아직은 괜찮다는 말에 한층 근심이 놓였다.

덕열이 막내처남 김정간의 이야기를 물었다.

"내가 부인의 소식이 궁금하여 처남을 보낸 지가 오래인데 어떻게 되었습니까?"

그러자 부인이 오히려 놀라서 되물었다.

"동생 정간이 와서 보낼 때 짐을 꾸려서 일정이를 함께 보냈는데 어찌 되셨습니까?"

덕열은 아무도 오지 않고 만나지도 못했다고 하였다. 서로가 의아해하고 답답한 심정이었다.

다음 날 덕열이 주위를 둘러보러 밖으로 아침에 나갔을 때였다. 일정이가 돌아왔는데 부인을 보자 눈물을 마구 흘리며 외쳤다.

"마님! 큰일이 났습니다."

영감마님께서 살아 계신지를 알 수가 없어 기다리다가 돌아왔다는 것이었다. 부인이 덕열 서방님이 살아오시고 집에 와서 계신다고 말하니 매우 놀라워하였다. 부인이 일정에게 자초지종을 이야기해 보라고 하였다.

"소인이 짐을 꾸려 정간 도련님을 따라나섰고, 도련님과 다른 길을 돌아서 거창으로 들어가고 있는데 사람들을 만났습니다. 그들에게서 얼마 전에 의병들이 금산에서 싸우다가 모두 전사했다는 참혹하고 슬픈 소식을 듣고 나서 그곳을 가겠다고 하며, 저 혼자서 영감마님께 가라고 하셨습니다. 금산이 왜적들로 위험하다고 말하니 그곳이 지금은 어떻게 되었는지 직접 가서 보겠다고 하여, 저만 성주에 도착했고 영감마님이 이미 그곳을 떠났는데 생사를 모르고 기다리다가 돌아왔습니다."

결국 적절하지 못한 엇갈린 심부름이 되고 만 것이다.

덕열이 머무는 남원 주포의 집은 아직 왜적이 없으니 그런대로 편하게 지낼 수 있었다. 오후가 되어 부인이 산기를 보였는데 서둘러 대처를 해 주어 저녁 무렵이 되어 아이가 태어났다. 한동안 마음이 두근거렸던 덕열은 또다시 기쁨을 감출 수가 없었다. 부인에게 다가가서 손을 잡으며 말했다.

"부인에게 고마울 따름이오. 내가 지금 이곳에 와서 아이가 태어나고 부인도 무사하니 정말 다행입니다."

그러자 부인이 눈시울을 붉혔다.

"저도 영감이 없으면 혼자서 아이를 낳을까 봐 염려를 했습니다. 어쩔 수 없다고 체념도 했습니다. 그런데 이렇게 와 주셨으니 정말 저는 좋습니다."

새로 태어난 아이 이름은 '남룡'이라고 지었다. 덕열은 성룡과 남룡 두 아들을 얻었으니 돌아가신 선친을 뵐 면목이 생겼다며 무척이나 기뻐하였다.

다음 날 저녁이 되었는데 날씨가 급변하면서 뇌성벽력을 치고 번갯불이 온통 요란하고 비가 내리니, 덕열이 걱정이 되어서 부인에게로 갔다. 그런데 아기는 고이 잠들어 있었다.

"어제 아이가 태어난 것이 다행입니다. 만일 이렇게 험상궂은 날인 오늘 밤 아이가 태어났더라면 부인과 나의 걱정이 태산 같았을 것이오. 어제는 부인을 위하여 날씨가 좋았습니다."

덕열의 말에 부인이 방긋 웃으며 답했다.

"정말 그러합니다. 영감님이 걱정을 하셨으니 하늘이 잠깐 도와주신 것 같습니다."

"우리 아이가 잘 커야 할 텐데 부인이 힘들 것이오. 내가 없으면 혼자서 지탱해 나가야 하는데 참 미안하기만 하오!"

그러자 부인이,

"너무 그런 말을 하지 마세요. 저로서는 전쟁 중에 사성이 아버지가 지금 곁에 있는 것만으로도 참 많이 좋습니다. 저의 친정어머니께서 말씀하셨습니다. '아녀자로 태어났으니 지아비의 뜻을 받드는 것을 감수해야 한다.'고 말이지요. 저희 어머님도 태숙 아버님이 안 계신 중에도 오라버니와 언니들을 잘 기르고 보살펴 오셨습니다."

하면서 갑자기 눈물을 마구 흘리었다.

"부인! 왜 갑자기 눈물을 흘리시오?"

그러자 부인이 흐르는 눈물을 닦으며 답했다.

"지금 친정어머님이 너무 많이 보고 싶습니다."

"그래요! 장모님이 어떠하신지 모르고 지내 온 것이 오래되었습니다. 전쟁이 끝나고 밝은 날이 오면 함께 찾아뵙지요!"

덕열이 애처로워하는 부인의 손을 꼭 잡고 위로하였다. 부인이 줄줄 흐르는 눈물을 다시 닦으며 꾹 참으면서 말했다.

"사성 아버지! 의복이 너무 낡고 찢겨서 보기에 참 안 좋습니다. 여기에서 저하고 있을 때라도 그러고 다니시면 안 되는 줄 압니다. 예전에 의관은 검소하였어도 깨끗했습니다. 더러워졌는데도 제가 곁에 있지 않으니 빨지 않고 기우지 못한 것은 저의 잘못입니다. 그동안 제가 여러 벌을 잿물에 담아 삶아서 씻고 바느질해 놓았습니다. 나가실 때는 꼭 갈아입고 나가셔야 합니다."

#07
떠나는 근왕길

이덕열은 태어난 아이 남룡과 아들 성룡을 바라보고 지내면서 마음이 뿌듯하였다. 하지만 조정에 뜻을 올린 바와 같이 빨리 근왕의 길을 떠나야 한다고 생각하였다. 그러자니 부인과 아이들의 앞날이 많이 걱정되었다. 어떤 위험이 닥칠지 모르는 상황에서 마음이 조급해지기만 하였다.

그러던 중에 덕열에게 힘을 실어 주는 소식이 들려왔다. 사촌동생 '이호약'의 아들 '광악'이가 진주성에서 활을 쏘아 왜장을 쓰러뜨리고 병력이 출격하여 수많은 왜적을 참획함으로써 대첩을 거두었다는 것이었다. 너무나 기쁘고 대견하였다. 어릴 때 그렇게 무예를 익히며 활을 잘 쏘아서 칭찬을 많이 하였는데 수많은 왜적에 맞서서 기울어지는 전세에 조카 광악이 정말 큰일을 해 준 것이었다.

그럼에도 광악의 동생 사악이가 아직도 왜적에 잡혀서 생사를 알수가 없으니, 빨리 강원도에서 소식이 오기를 기다리며 애가 탔다. 게다가 덕열은 양자로 '사악'이를 데려온 지가 오래되고 벌써 자라서 어른이 되었는데 자식이 없으니 우려가 되었다.

근왕의 길에 떠남을 앞당기고자 하여 부인에게 말했다.

"내가 이미 나라의 명을 받고 임금을 모시는 몸이고, 나가서 근왕을 하겠다고 조정에 올렸으니 되도록 빨리 준비하여 떠날 것입니다. 그러면 다시 부인에게 작별을 해야 합니다. 떨어져 있으니 내가 이곳에서 무슨 일이 있어도 잘 알지 못하고 답답하여 걱정이 태산 같을 것이오. 우리 아이들이 자라는 모습도 볼 수가 없고, 언제 왜적들이 들어와서 위험에 처하게 될까 염려되오!"

이에 부인이 덕열의 의중을 알아차리고 말했다.

"가셔야지요! 나라의 일이 위태롭고 궁색하기만 한데 무엇이든 힘을 보태야 하지 않겠습니까?"

그러나 부인은 내심 더 함께 오래 지내지 못하고 떠나보내는 마음이 애달팠다. 그렇지만 내색을 하지 않고 덧붙였다.

"여기는 염려하지 마십시오. 저는 이곳에서 난국을 살피며 어떻게든 지탱해 나갈 것입니다. 저는 작은 일에 영감께 심려를 끼쳐 드리고 싶지 않습니다. 나라를 위하는 일에 마음을 더 많이 두십시오. 그런데 겨울이 오고 있는데 떠나도 괜찮겠습니까? 영감님의 건강이 많이 염려가 됩니다."

"아니요! 준비가 되는 대로 떠나야 한다는 것이 마음을 앞당깁니다."

덕열은 바삐 재촉했음에도 먼 길을 떠나기 위한 준비가 아직 부족하고, 못쓰게 된 행장을 새로 마련하느라 시간이 지체되어서 겨울이 다가오며 길을 떠났다. 문밖으로 따라 나온 부인의 애처로운 모습을 보고, 덕열은 가슴이 아팠다.

"내가 오르는 길에 할 수 있다면 처가에 들러 부인이 보고 싶은 어머님께 안부를 꼭 전할 것입니다. 그러니 마음을 놓으시오!"

그러자 부인은,

"예! 그러시길 바라겠습니다."

하며 안도의 숨을 쉬면서 환한 웃음을 보였다.

충청도에 들어가니 왜적들은 이미 위쪽으로 빠져나가서 가는 길이 안심되었다. 홍성에 가까워지자 연통을 넣었더니 여전히 비어 있는 처가댁을 지키는 막내처남 김정간이 달려 나와 많이 반가웠다. 듬직한 처남과 지난날을 이야기하며 함께 길을 가니 답답함이 풀리고 마음이 가벼워졌는데, 정간 처남은 왜적들이 저지른 악랄한 만행을 말하며 몹시 분개하였다.

덕열이 정간에게 물었다.

"자네! 예전에 남원에서 '일정이'와 성주로 오다가 금산으로 왜 갔는가?"

"예! 그때 일을 말씀하시는군요. 저는 궁금한 것에는 잘 견디지 못하는 편입니다. 더구나 금산전투에서 의병들이 전멸을 당했다고 하는데 너무나 원통하고 처참하지 않습니까? 불과 얼마 전에 벌어진 일인데 어떻게 싸웠는지 가서 보고 싶었습니다."

"글쎄, 자네 성격과 심정은 잘 알고 있지만 누님과 내가 걱정하고 많이 당혹하였네! 그래, 가서 보니 금산은 어떻던가?"

"제가 금산으로 갔는데 의병들의 시체를 묻었다고 하지만 아직도 근처에 조금 남아 있었습니다. 멀리서 연고가 있는 사람들이 와서 시신을 수습하여 갔다고도 했으나, 어떤 사람은 전사한 병사들이 묻히기 전부터 일찍 왔는데도 자신의 가족을 찾지 못하였고, 생사 확인도 할 수 없어 발만 동동 굴리기도 했습니다. 의병들의 시체가 흩어지고 사지가 몸에서 떨어져 나가 알아보기 힘들고 너무 흉하고 처참했습니다."

정간은 주먹을 꼭 쥐더니 말을 이었다.

"그런데 자신이 죽은 동생의 형이라고 하는 사람이 있었습니다. 그 사람은 함께 싸우려고 금산으로 오다가 자기 부인이 왜적에게 당했다고 하여 돌아갔는데, 금산으로 다시 와서 보니 의병들이 모두 죽었고 동생의 시신을 못 찾았다고 했습니다. 그래서 '부인과 가족은 어떻게 되었습니까?' 하고 물으니 부인은 살고 대신 딸아이가 죽었다고 하며 울분을 참지 못하고 있었습니다. 그래서 저도 왜적을 만나면 분통을 참지 못하고 달려가서 싸우는 사람이라고 했더니 함께 싸우러 가자고 하였습니다. 한동안 돌아다니다가 왜적의 앞잡이들을 만나서 결투를 하여 죽였습니다."

이 말을 듣고 덕열이 깜짝 놀라 걱정되는 마음에 말하였다.

"처남, 누님도 나도 걱정하는 것이 바로 그것이네! 그렇게 나서는 것은 의기가 크고 참 좋은 것이지만 무턱대고 싸움을 벌이다 많은 적들에게 수세에 몰리면 그대로 당하게 되니 주변을 살펴보고 조심해서 싸워야 하네!"

그러자 정간은,

"매형께서도 누님과 똑같은 말씀을 하시는군요!"

하며 '껄껄껄' 웃으면서 '예! 잘 알겠습니다.' 하였다.

그런데 홍성에 들어서자 정간 처남은 외지로 떨어져서 격리된 장인이 계신 곳을 들어갈 수 없다고 하여 매우 안타까웠다. 아직까지도 나라의 명을 지키니 가족을 만나서는 안 된다는 것이었다. 덕열은 부인의 애달픈 심정을 담은 안부 서신을 장인 장모님께 쓰고, 관리하는 집주인을 멀리 찾아가서 전하며, 처남을 돌려보내었다.

그러나 덕열이 올라가는 길은 왜적들이 남쪽으로 빠져나가지 못하고, 위쪽으로는 곳곳에서 웅거하고, 한겨울에 길이 막혀서 허사가 되니 다시 주포로 돌아올 수밖에 없었다. 그렇지만 부인에게 처남을 만나서 이야기를 나누었으며 장모님께 안부를 잘 전했다고 말해 주니, 눈시울이 뜨거워지며 많이 상기되고, 아이들의 아버지가 가족과 시간을 좀 더 함께 보낼 수 있음에 기뻐하였다.

덕열은 매서운 추위 속에서 약해진 몸으로 출발을 못하고 지내다가, 왜적들이 좀 더 많이 변동되는 상황을 보고 다시 시도하기로 결심하였다. 그리고 자신에게 일어난 일과 나라의 여러 사건들을 항상 메모하여 지니고 다녔는데, 그동안에 모아 둔 것들을 시간적 여유를 갖고 다시 정리하였다.

그러던 중에 서녀에게서 연락이 왔다. 내가 아직 살아 있을 때 아비의 모습이라도 한 번 더 보며 승낙을 받고 혼사를 갖겠다는 것이었다. 비록 왕실의 친척에서 아이를 낳더라도 나라의 법도상 서자·서녀는 가문에 적을 올리지 못하고 가훈을 승계할 수 없음이 안타깝고 애석하였다. 마음속으로는 똑같은 정을 담은 자식이지만 제대로 보살필 수가 없고 그저 잘 살기를 바랄 뿐인데, 언제 죽을지도 모르는 난리 속에서 데려갈 사람이 나섰으니 걱정을 덜어 참으로 다행이었다.

시일이 지날수록 덕열은 근왕길이 늦어 초조하였다. 이미 임금을 모시고 명을 받겠다고 하였으니 촉박하게 떠나야 하고, 다시 부인과 작별해야만 하였다. 떠나는 날에 덕열이 부인의 손을 잡으며 아이들을 꼭 안아 보고, 너무 걱정을 하게 하여 면목이 없다고 말하니, 서로가 다시 눈시울이 뜨거워졌다. 덕열이 부인의 애처로운 모습에 허리를 감싸 주니, 부인이 안타까운 심정으로 바라보며 말했다.

"저로서는 긴 여정에 건강이 많이 염려됩니다."

덕열이 이번 길을 서쪽으로 정하여 올라가니 의병들이 진을 치고 왜적과 대치하는 곳도 있었다. 왜적들이 처참하게 분탕질을 하고 떠난 마을도 있었다. 나루터에서 배를 탔는데 바람이 거세고 물결이 요동쳐서 선채가 심하게 기울자, 뱃사람들이 놀라서 위급에 처해 어쩔 줄 모르고, 깜깜한 밤에 아수라장이 되어 모두들 사경을 헤매다가 간신히 도착하였다. 그동안 바다 쪽으로 강을 건너 빠른 길을 택하다 보니 여러 번 배를 타는 바람에 몸이 많이 소진되었다.

황해도로 들어가서 해주로 향하니, 건너편 부락은 왜적들에 의해 많이 부서졌으나, 다른 곳은 아직도 여전히 별당과 기와집들이 줄지어 나와서 면모를 그대로 갖추고 있었다. 다시 길을 재촉하여 '안악'으로 들어갔는데 주변에 많이 보았던 곳이 나왔다. 덕열은 유년 시절에 양부를 찾아가서 근처에서 지냈던 것을 떠올리고, 글공부를 했던 연등사를 지나갔다. 하지만 양부께서 이곳에서 관직 중에 갑자기 세상을 떠나심을 회상하며 가슴이 아팠다.

다시 길을 서둘러서 재촉하였다. 계속 올라가서 변방 쪽으로 들어가니 마침내 천막들이 즐비하고 혼잡하기가 이루 말할 수 없는 곳이 나오며 선조 임금의 피난지에 도착하였다. 선조 임금은 평양성 전투가 끝나고 의주를 떠나서 평양으로 남하를 하며 내려오고 있었다.

왜군은 이미 물러났지만 평양성 탈환 전투에서 조명 연합군과 승병이 완강하게 버티는 왜군에 맞서 몇 차례 아주 격렬하고 처참한 전투가 벌어졌다고 하였다. 결국 양측 모두가 많은 피해를 입고 크게 사상자가 늘어나자 서로 협상을 맺어 왜군들이 철수를 하였다. 왜군들이 평양성을 빠져나오자 명군과 조선군은 곧바로 추격에 나서 왜군을 사살하였으며, 왜군들은 서둘러 계속 남쪽으로 내려가고 있다고 하였다.

그런데 행재소의 조정에 평양성 참황이 늘어왔는데, 명군이 평양성 주위에서 지역의 많은 백성들을 학살해 수급을 벤 시신을 대

동강에 버렸다는 말까지 나와서, 진의를 알 수가 없고 피해가 어느
정도인지 파악조차 하지 못하고 있었다. 덕열이 일을 맡아서 처리
하며 분주하게 움직이고 있는 중에 마침내 한양에서도 왜적이 빠져
나갔다고 하였다. 그러자 선조 임금이 황해도로 들어가며 행재소
가 옮겨졌다.

  그러던 어느 날, 덕열이 머물고 있는 곳에 뜻밖의 손님이 찾아왔
다. 죽은 줄로 알았던 양아들 '사악'이 찾아온 것이다. 덕열은 너무
놀랍고 기뻐하며 반가웠다. 그동안 생사조차 알 수 없었는데 간신
히 살아서 돌아온 것이다. 사악의 이야기를 들으니 고생이 너무 심
하고 처참하였다. 건강을 돌보며 쉬고 있다가 한양에서 왜군이 물
러나자 찾아왔다고 하였다. 좀 더 몸이 낫게 되면 남원으로 가서
소식을 전하겠다고 하였다.

#08
고통 속에 급박한 피신

한양에서는 왜적도 빠져나갔고, 선조 임금은 서둘러 내려가는 중이었다. 그런데 왜적들이 선릉과 정릉을 파헤쳐 놓고 물러났으니, 덕열이 복구할 직책을 맡아 얼마 동안 한양의 대궐로 가서 머물러야 했다. 그러자 소식을 듣고 하인들이 다시 찾아서 왔다. 덕열은 남원의 주포에서 떠나온 지가 상당히 오래되어 조급해졌다. 하인 '연세'를 시켜 편지와 물건을 일찍이 보냈지만 소식이 없고, 또 한 사람을 보냈으나 소식을 알 수가 없으니 답답하기만 했다.

옛집을 돌봐 주기로 한 사지댁도 황해도에 있다고 하고, 파괴된 능을 오가면서 몸이 쇠잔해지니 채식 음식도 제대로 먹을 수가 없었다. 보낸 편지에 여름장마에 견디려면 얇은 옷을 가져왔으면 해서 적어 보냈는데 아무런 소식도 들어오지 않았다. 계속해서 소식을 전할 길이 없고 부인과 아들이 어떻게 지내는지 궁금하고 무척 염려하던 중에 왜적들이 전라도로 들어간다는 소식을 접하였다.

그런데 뜻밖에도 덕열이 있는 곳으로 사악에게서 편지가 왔다.

사악은 그동안 지냈던 상황을 알리면서 남원에 다녀왔는데 아들 '남룡'이 죽었다고 하였다. 덕열은 급히 안부를 묻고자 지금의 상황을 적어 남원으로 '일정이'를 보냈다.

그런데 가슴 아픈 소식을 가져왔다. 태어난 아기가 죽었다는 것이었다. 그동안 못 보던 사이에 아이가 상당히 컸을 텐데 너무나 불쌍하고 마음이 안쓰러웠다. 떠나올 때만 해도 아기가 자라나기에 건강하게 보였고, 두 아들을 낳았다고 남들에게 자랑했는데 한 아들을 잃었으니 허망하고 안타깝고 슬펐다. 그러나 몹시 큰 슬픔으로 지낼 부인을 생각하니 어떻게 위로의 말을 해야 할지 몰라서 다음과 같이 적어서 서로 연고가 있어 남원으로 가는 '임생'을 보냈다.

왜적이 전라도로 간다니 밤낮으로 걱정이오. 사악의 편지에는 아기가 담증으로 죽었다고 하고, 부인은 염질을 앓았다고 하니…. 내가 아이를 가까이 보살피지 못하고 또 나의 운수가 사나워서 그렇게 된 것이니 너무 상심하지 마시오. 그리고 아이의 몸이 너무 병약하여 전쟁의 와중에서 그런 몸으로 앞으로 살아 나가기가 힘이 드는 때이니 슬픔에서 벗어나 마음을 가다듬고 안정해 주시오.

1593년 7월 초.

선조 임금이 한양 가까이 내려오고 있지만 전쟁은 안심이 되지 못하는 상황이었다. 물러났던 왜적이 다시 밀고 올라온다는 소식이 계속해서 들리니 언제 어디서 남원 쪽으로도 닥칠지 모르는 형상이 되었다. 더군다나 전쟁 속에서 장마와 무더운 삼복더위가 시작되니 너무나 많은 사람들이 굶주리며 지쳐 쓰러지고 여기저기서 계속 죽어 가는 것을 보자 마음이 처절하여 견딜 수가 없었다.

이런 상황에서 덕열은 오래전에 하인 '연세'를 시켜서 식량과, 부인에게 줄 물품을 보냈는데 아직까지도 어찌 되었는지 알 수가 없었다. 투박하고 거칠게 일을 하는 '연세'를 심부름 보낸 것이 후회되었다.

곧이어 덕열에게 남쪽의 왜적들이 전라도로 갔다는 불안한 소식이 들어왔다. 지금도 부인이 고통을 겪고 있다는 생각에 안위가 걱정되어 다시 1593년 7월 10일 급하게 편지를 썼다. 그리고 이번에는 '일정이'에게 일러서 어렵게 구해 놓은 식품을 말에 실어 보냈다.

장마에 어찌하오! 남룡이를 떠나보내고 이제 좀 괜찮은지 걱정이오! 왜적이 경상도에 있는데 전라도로 많이 들어갔다는 소식을 들었소. 그러니 남원을 빨리 벗어나 나오시오. 이제 남원을 떠나게 되면 돌아가기가 쉽지 않은데, 집에 왜적이 들어오면 세간도 모두 부수고 뒤집어 헤쳐질 것이니 그곳에 미련을 두지 말고 잊어버리시오. 만약에 필요한 것이라면 집 안에 놓지도 말고, 가까이 산 쪽으로 땅에 묻어도 왜적이 파낼 것이니 잘해 두시오.

하고 보낸 글에 홍성 쪽으로 올라오다가 도적을 만날 수 있으니 여의치 않으면 한양으로 오라고 했는데, 혹여나 식량이 떨어져서 굶주리지는 않을까 많이 염려되었다. 아들 성룡(사성)을 먼 길에 데리고 오는 것도 더욱 염려되었다. 사실상 모든 곳이 위험하였고, 왜적이 없다 하더라도 그보다 더 큰 걱정은 굶주림이었다.

나라에서 온통 수많은 사람들이 죽어 가니 전쟁 중에 대책은 없고 어떻게든 지탱해 나가는 것만이 살길이었다. 전란 중에는 어디에서나 식량과 반찬거리를 구하는 것이 극히 어려운 일이었다. 덕열은 궁중 일에서 어쩌다가 부식이 있으면 겨우 얻어서 잘 간직해 두었다가, 남쪽의 집에서 여러 사람들이 매우 곤궁하게 지낼 것을 생각하여 긴요하게 보내 주었다.

사실상 덕열이 걱정을 하며 부인을 홍성으로 피신시키고자 한 것은 그곳에 장인어른이 아직까지도 계신다고 생각했기 때문이었다. 하지만 거기도 여의치가 않았다. 홍성의 외곽 지역은 한동안 장인어른이 부처되고 엄정한 격리처분을 받아 사람들을 가까이 접견할 수 없도록 지낸 곳인데 지금은 어찌 되었는지 알 수가 없는 데다, 그곳에도 잔류하는 왜적이 언제 들어올지 안심할 수 없었기 때문이다. 그러나 일단은 어떻게든 부인의 판단으로 빨리 남쪽 남원에서 빠져나와 홍성이나 한양으로 올라가는 수밖에 없었다.

그러던 중에 덕열은 일찍이 임금의 명을 받고서 대비를 해 오고 있었던, 왜적들이 파헤쳐 놓은 선릉과 정릉을 복구하는 공사를 1593년 8월이 되어서야 본격적으로 시작하였다. 그래서 능소에 나가 일하면서 거처할 수 있는 곳을 찾아 나서다가 한양의 집으로 가려고 했는데, 왜적들이 부수고 엉망이 되었으니 마땅치가 않았다.

전쟁 전에 친척인 '사지 댁'에게 관리를 맡겼는데, 파손되어 집에서 지낼 수가 없다는 소식을 보낸 후부터 행방을 알 수 없었다. 그러니 일꾼을 시켜서 수리를 하고, '순복'이 남동생 '순남'이를 보내서 정리를 하려다가 당분간 미루었다. 또 다른 안 좋은 소식이 들어왔기 때문이었다.

왜적들이 쳐들어왔을 당시에 아버님의 신도비를 찾아 완전히 부수어 버렸고, 주위를 엉망으로 만들어서 신도비의 지붕갓만 땅에 묻혀 있다는 것이었다. 덕열은 가슴에 울화가 치밀고 괴로웠다. 하지만 이내 안도감이 들었다. 아버님 묘와 묘비를 찾던 왜적들이 갑자기 천둥이 요란하게 치고 폭우가 내리며 돌풍이 불어서 돌아가는 바람에 다행히도 묘비와 묘는 그대로 보존되었기 때문이었다.

문득 아버님이 돌아가실 때가 생각났다. 묘비를 세울 것이라면 묘에서 10리 밖에 하라고 하시고 묘 근처에는 아무것도 하지 말라고 하셨는데도 묘 앞에 묘비를 세워 두었다. 그렇지만 신도비는 아주 멀리 세웠다. 왜적들이 신도비만 발견하고 묘를 찾지 못했으니 천만다행이었다.

예전 일이 떠올라 생각해 보니 1584년 정월에 율곡 이이가 세상을 떠났는데, 그때까지만 해도 "조정에서 분당이 일어날 것이다."라고 생전에 언급했던 아버님을 율곡 이이가 적대시하고 몹시 헐뜯었다. 그래서 율곡이 살아 있는 때에는 신도비를 세우지 않기로 하

고 오랫동안 보류하고 지내 왔다. 덕열이 청주목사에 나가 있을 때 예열 형님이,

"몸이 불편하니 이제라도 세워야 하지 않겠느냐? 내가 죽기 전에 신도비를 해야 한다."

고 하였다. 그래서 덕열은 아버님 유고(동고선생유고)를 간행하며 노수신 대감께 신도비문을 부탁드리고, 신도비를 묘에서 아주 먼 곳에 세웠다. 묘 앞에는 마지못해서 묘비를 세웠는데, 왜적이 들어와 신도비를 파괴하고 묘비가 있는 곳을 발견하지 못한 것이었다.

덕열은 왜란이 끝나고 평온을 되찾으면 신도비를 다시 하겠다고 생각을 하다가, 노수신 대감께서 보내신 신도비문을 여전히 간직하고 있는 것에 마음을 달래었다.

#09
돌아선 갈림길

한편 1593년 7월 중순이 되어 왜군이 몰려온다는 소식의 편지를 받자, 부인은 피난 준비를 서두르고 있었다. 그런데 막상 떠나고자 하니 무엇을 어떻게 해야 하고 어디로 가야 할지 막막하기만 하였다. 덕열 서방님 편지에는 친정아버님이 계시는 홍주(홍성)로 가거나 한양으로 오라고 하였지만 판단이 어려워 피난길을 정할 수가 없었다.

그러다가 아무래도 홍주 쪽으로 가는 것이 좋겠다고 생각하였다. 그래서 집을 지키는 머드리와 복창이를 시켜서 세간을 가까운 산쪽에 묻어 놓고는 짐을 꾸려 떠났다. 올라가면서 갈림길이 다가오니 멈추고 위쪽 지역 소식을 들었지만 알 수가 없었다. 그런데 홍성으로 향하는 갈림길에서 내려오는 사람들의 말을 들으니 많이 위험하기만 하였다.

그럴지라도 홍성으로 가려고 하는데, 뜻밖에 말을 타고 무장을 한 사람이 찾아와서 보니 막냇동생 '정간'이었다. 부인은 정간을 보고 놀랍고 반가웠다. 1년이 지나서 다시 보는 동생은 모습이 많이 달라져 있었다. 어떻게 된 일이냐고 물으니, 아버님이 염려하여 보냈다고 하면서 덧붙여 말했다.

"누님! 지금 어느 쪽으로 가더라도 위험합니다. 나중에 가야 합니다. 아직은 왜적들이 있고 도적들이 다른 쪽에도 우글거리니 가면 안 됩니다. 왜적들이 없는 곳으로 가야 하는데 지금은 아닙니다."

아버님께서 아무래도 누님이 홍성 쪽으로 피난을 올 것 같아 지금은 길이 위험하니 오지 말라고 전해 달라는 것이었다. 기다렸다가 상황을 봐서 올라오라고 말씀하신 것 같았다. 부인은 어찌할 바를 몰라 난감하기만 하였다. 하는 수 없이 모두 남원으로 다시 돌아가기로 하였다.

그런데 남원 가까이 들어가니 마을에 왜적 일당 여러 명이 들어왔다고 하여 위험하기 짝이 없었다. 정간이가 주위를 살피고 확인을 하여 집으로 들어가니 난장판이 되어 있었다. 아무래도 왜적들이 지나간 것 같았다. 떠날 때 '머드리'에게 집을 잘 지키라고 말했는데 간신히 찾아서 보니 먹지를 못하고 굶주리고 있었다. 왜적 일당이 '머드리'가 먹을 식량을 가져갔다고 하였다. 부인은 '머드리'가 간신히 위기를 모면한 것이 다행이라고 생각하였다.

그런데 곧바로 이웃 마을에서 나온 사람으로부터 소식을 하나 전해 들었다. 왜적 일당이 사람을 죽이고 여자를 데리고 갔다는 것이었다. 정간이가 그 소식을 듣고 가만히 있지를 못하여 갑자기 칼을 차고는 말을 타고 급하게 나갔다. 그리고 오후에 돌아왔다. 칼에는 피가 묻어 있었다.

어찌 되었는지 마을 사람이 묻자, 두 명을 발견하여 죽였는데 나머지 왜놈은 어디에 있는지 알 수 없고 여자를 어디로 데려갔는지도 몰라 찾을 수 없다고 하였다. 맞붙어 칼로 싸우다가 말이 안 통하니 그냥 찌르고 베었다고 하자 모두들 김정간의 칼 솜씨에 놀라워했다.

마을 사람이 물러나자 부인은 정간이를 불러서 나무랐다.

"정간아! 너는 어찌 누나에게 말을 들어 보지도 않고 마구 달려나갔느냐? 너는 나의 심정을 알기는 하느냐? 내가 너를 많이 걱정하였다. 네가 돌아오지 않으면 이 누나가 마음 놓고 지낼 수가 있겠느냐? 왜 그런 생각을 못했느냐?"

하며 꾸짖으니, 정간이가 말하였다.

"누님! 내가 잘못을 했습니다. 하지만 누님이 허락을 안 했더라도 저는 달려 나갔을 것입니다. 저는 흉악한 왜놈을 보고 절대 그대로 놔둘 수가 없습니다. 차후에는 이런 일에 누님께 말씀은 드리겠습니다."

그러자 부인이 말했다.

"너는 어려서부터 유난히 분개하면 가만히 못 견디는 성격이니 앞으로 어떤 일을 당할지 걱정이구나! 정의감만 내세워 싸우지 말고, 그런 것 때문에 너에게 돌아올 책임도 져야 한다는 것을 명심하여라."

마을에 들어온 왜놈들은 퇴각하는 잔당인데 서너 명이 남쪽에서 올라오는 왜군 진영으로 들어가서 합류하려다가 저지른 만행으로 여겨졌다. 부인은 편지에 일어났던 일을 적고 '일정이'를 서방님께 보내었다. 그러자 곧 답장이 왔다.

전라도에 왜놈이 너무 많이 들어갔는데 남원 쪽에도 들어갈 것이오. 들은 소식에 너무 놀랍고, 피난하려면 따르는 하인이 적어 많이 힘드니 순복이를 보내면서, 일정이에게 피난길에 필요한 것을 보내고….

팔월 초여드렛날.

왜군이 경상도 쪽에 있고 다시 한동안 잠잠해졌다. 하지만 또다시 왜군이 밀려올지도 모른다는 소식이 급박하게 들리니 부인은 곧바로 서둘러 떠나야 했다. 짐을 꾸리고 갈 길을 정하니 동생 정간이 홍성 쪽에 아버님이 계시는 곳으로 가자고 하였다. 다시금 왜적이 들어올 수 있으니 산속에 세간을 숨겨 놓을 만한 곳을 찾아보았으나 '순복'이가 다치고 별로 소용이 없었다.

그래도 좀 더 필요한 짐을 단단히 꾸려서 떠났다. 그리고 '머드리'에게 집 관리를 더욱 철저히 하도록 하고, '일정이'를 돌려보내고, 나중에 필요한 짐을 가져오려고 하니 마종을 남겨 두었다.

#10

긴박한 양성에서

　부인이 남원을 떠나서 올라오는 길은 순탄하지만은 않았다. 왜적들이 이미 빠져나갔다고 하지만 도적들이 많아 곳곳에 많은 위험이 도사리고 있었다. 도중에 '일정이'가 가져온 말이 무거운 짐에 약해서 죽는 바람에, 수레에 실어 놓은 많은 짐을 서로들 나누어서 다시 묶고 좁은 길로 돌아가니 가파른 비탈은 걸어서 가야 했다. 무덥고 찌는 듯한 날씨에 힘에 겨워 허덕이고 모두들 지쳐 있었다.

　홍성 쪽으로 조금 올라가는 도중에 도적들이 근처에 많이 있다고 하여 빨리 빠져나가려고 하는데, 무거운 짐을 지고 가기가 힘들었다. 지나가는 마을에 들어가서 옷감을 주고 밥을 겨우 얻어먹으며 모두들 연명하였다.

　사실 친정집은 아버님이 한때 부처된 후 어려움에 처해 있기도 하고, 더욱더 멀리까지 가야 하기 때문에 쉽지가 않았다. 그래서 도적패들이 나오는 험한 길을 피해서 방향을 바꾸고 돌아서 나와 살피니, 근처의 '정보' 동생집이 있는 곳으로 가기로 하였다. 그곳으로 가는 길도 상당히 힘들었다.

겨우 정보 동생이 살고 있는 마을에 일행이 들어갔는데, 위험하기는 마찬가지였다. 정보 동생과 만나서 모습을 보고 처지를 살피니 애처로운 심정이었다. 마을이 많이 황폐화되어 온전한 집은 겨우 몇 채만 남아 있었다. 주위에서 식량을 구하기는 어렵고, 동생의 집은 부서졌지만 간신히 버티며 조금의 식량으로 지낼 수 있었다. 정보 동생의 일꾼도 멀리 있는 거처에서 잠을 자며 지내고 있었다.

일행 모두가 궁색한 빈집에서 자리를 잡고 쉬고 있는데, 마을에 드나드는 사람에게서 들은 소식에 의하면 왜적의 잔당들이 빠져나가면서 홍주(홍성)에서 향교를 불태우고 사람을 학살하고 난동을 부리고 갔다는 것이었다. 부인과 정간은 가슴이 덜컹 내려앉았다. 왜적들이 아버님이 계신 곳으로 갈 수도 있기 때문이었다. 그래서 부인은 화가 나서 분통을 참지 못하는 정간을 달래고, 조심을 하도록 당부하여 돌려보내었다.

주변 인가의 빈집에 머무르면서 부인은 도착한 곳의 연고지를 알리고자 편지에 그동안 겪은 내용을 적고 '복창'이를 시켜 급히 한양으로 보냈다. 부인의 소식을 애타게 기다리던 덕열은 매우 반가웠다. 걱정이 되어 곧바로 1593년 8월 12일 편지를 쓰고 부인이 머물고 있는 곳으로 식량과 함께 '복창'이를 돌려보냈다.

기별을 들으니 기쁘오. 힘들게 오고서 어렵게 지내는 일이 끝이 없소! 살 곳이 마땅치 않지만 아직은 다행이라 하니 안심이 되오. 하지만 왜적이 경상도에 있으니 언제 또 올라올지 두렵고, 그곳도 안전하지 못해서 지내기가 불편하니 빨리 떠나 양성으로 오시오.

그리고 동생이 있는 곳에서 마종을 빌려서 오고, 어려운 궁중 실정에서 일을 하는데 옷이 여의치 않다고 덧붙였다. 덕열이 부인과 일행을 양성으로 오라고 한 것은 잘 알고 지내는 '임생'이 예전에 데리고 있던 종에게 마련한 집이 그곳에 있었기 때문이었다.

초조한 마음에 답장을 기다릴 수 없었던 덕열은 양성으로 올라오며 타는 말이 약하다는 염려를 하여 급히 1593년 8월 14일 편지를 또다시 보내었다.

복창이는 갔는가? 양성으로 오게 하고도 걱정이 많네! 먹을 것이 근심이오. 그리고 올라오는 주변이 매우 위험하니 객관을 찾아 들어가서 밤에 잠을 자시오. 일정이를 말과 함께 보내니 잘 타고 오시오.

덕열은 부인과 어린 아들이 좀 더 편히 올 수 있도록 하고자 말은 보냈지만, 식량이 이제 떨어졌을 것이라고 생각을 하니 안타까웠다. 식량을 조금이라도 아껴 주고, 조만간 시간이 나면 양성에 들를 수 있다고 덧붙였다. 덕열에게는 아직까지도 오래전부터 집안일을 맡아서 해 오며, 말을 타고 심부름을 잘하는 '복창'과 '일정이'가 있어서 긴급히 연락을 취할 수 있다는 것에 안심이 되었다.

시일이 지나서 덕열은 선릉과 정릉의 개장일을 마무리하기 위해 매우 바쁘게 움직였다. 그러는 중에도 부인 걱정을 많이 하였는데, 심복 복창이가 다녀온 소식에서 부인이 양성에 왔으며 아직은 안전하다고 하니 한숨을 놓고 마음이 기뻤다. 그렇지만 그동안에 고생한 이야기가 너무나 힘들게 보였다. 능의 개장 공사가 거의 끝나는 날이 다가오니 빨리 양성에 들른다고 답장하였다.

나라에는 어디를 가나 온통 많은 사람들이 굶주렸다. 죽어 나간 사람들이 끊이질 않았다. 왜적에게 죽은 사람도 많지만 굶주린 사람들도 더욱 늘어나고 거리에는 사람들이 쓰러져 누워 신음하고 있었다. 온통 나라가 난리 속인데 백성들이 어떻게 살아가야 할지 막막하기만 하나 별다른 방책이 없었다.

덕열은 그나마 겨우 드물게 조금 녹봉이 나오면 식량과 반찬거리를 어떻게든 구해서 보낼 것을 준비했다. 지탱하며 생활하기가 막막한 삶 속에서 자기 자신의 몸이 아픈 것도, 돌보는 것도 잊은 채 부인과 아들을 생각하며 날들을 보내었다.

부수적인 공사 일이 모두 끝나자, 덕열은 틈을 내어서 9월 6일 서둘러 양성으로 향했다. 수원을 거쳐서 찾아가는 길을 재촉하였다. 어떻게든 부인을 하루라도 빨리 보고 싶었다. 의관도 오래되고 도포도 갈아입지도 못한 것 같았다. 그러나 그런 것은 별로 중요하지 않았다.

겨우 달려서 몇 집이 사는 마을 뒤쪽으로 찾으면서 부인과 아이가 있는 곳을 향하여 서성대고 있는데, 한 사람이 덕열을 발견하고 소리쳤다.

"영감마님이 아니신가요?"

누구인가 물으니 '임생'이 말해 주었던 하인이라고 하였다.

"내가 길을 잘못 찾을 뻔했네!"

"네! 이 집이 맞습니다요. 마님은 저쪽 건너채에 계십니다. 제가 가서 알리겠습니다."

하고 들어갔다.

부인을 만난 덕열은 감격이 새로웠다.

"내가 걸음이 많이 늦었소! 그동안 고생이 많았소. 내가 너무 보고 싶고 걱정을 했는데 지금까지 무사하고 잘하여 와서 다행입니다."

그러자 부인도 눈물을 글썽이며 말했다.

"저도 많이 기다렸습니다. 모습이 많이 수척해진 것 같습니다. 그동안 어떻게 지내시는지 염려를 많이 하였습니다."

"내가 부인을 돌보지 못하였으니 면목이 없습니다."

덕열은 부인의 손을 만지며 위로를 하였다. 잠시 후 덕열은 죽은 아이에 대한 가슴 아픈 이야기를 하면서 부인을 다독였다.

"슬픔 속에서 벗어나야지요! 우리 아이는 다시 더 태어날 것이오. 너무 상심하지 마시오. 시간이 지나면 잊힐 것입니다."

부인이 건넌방에서 자고 있는 아들 성룡(사성)을 깨웠다. 그리고 아버지에게 인사를 시켰다. 덕열은 아들을 품에 안고서 쓰다듬어 주었다.

하룻밤을 보낸 덕열에게는 시간이 없었다. 아침에 다시 출발하여 곧바로 해주의 임금이 있는 곳으로 가서 숙배를 드려야 했기 때문이다. 덕열이 가야 한다고 말하니 부인이 걱정하였다.

"몸이 약하신 분이 앞으로 어떻게 지내시려고 그러십니까?"

덕열이 새로운 옷으로 갈아입고 나온 모습을 보자, 부인은 눈물이 나왔다. 덕열은 부인에게 말했다.

"나는 부인과 약속을 못 지키는 사내가 되고 싶지 않습니다. 우리 모두 한양으로 돌아갈 때가 올 것입니다. 그러면 우리가 아이들을 갖게 되더라도 잘 보살필 수 있을 것입니다. 내가 한양의 아버님 집에 지내면서 집수리를 많이 해 놓았습니다. 때가 되면 그곳으로 오시오."

덕열이 떠나는 길도 마찬가지로 만만치 않았다. 인천으로 가서 강화에서 배를 타고 해주로 들어가야만 했기 때문이었다.

#11
미혹의 추적과 만남

한편 김정간은 홍성으로 황급히 달려갔다. 아버님이 계신 곳에는 왜적 잔당이 들어가지 않아서 다행이었으나, 식량을 탈취하고 향교를 불태우고 갔다고 했다. 그들이 이미 멀리 가 버린 후인 데다 정간이 그자들의 행방 또한 알 수 없으니 추적하기에는 너무 늦은 것 같았다.

정간은 그렇게 홍성의 집에서 한동안 지내고 나서 누님이 있는 양성으로 가 보려고 하였다. 그런데 이번에는 정로 형님에게서 전갈이 왔는데, 정보 형님 집에 도둑이 들었다는 것이었다. 정간은 급히 말을 달려서 정보 형님 집으로 갔다. 얼굴이 무척 상한 정보 형님이 아파서 누워 있는 형수님을 보살피고 있었는데, 형수님이 다치고 아이가 유산되었다고 하였다.

정간이 형수님께 위로를 드리며 어찌 된 영문인지 물으니, 왜적이 아니라 조선 사람 도적 네 명이 들어와서 먹을 것을 찾다가 정보 형님이 내놓지 않자 협박을 하고 발로 차서 죽이려 하여 형수님이 말리다가 밀어서 넘어졌다고 하였다. 임신한 형수님이 그렇게 되었으니 정간은 화가 치밀어 오르고 분통이 터져 그대로 있을 수가 없었다.

정간이 경험을 통해 짐작해 보니 아마도 그들은 왜놈의 앞잡이임에 틀림없었다. 그자들은 혐오를 받으며 마을에 내려와서 사람들과 함께 살아갈 수 없으니 산속에 웅거하고 있다고 하였다. 먹을 것이 필요할 때 산에서 내려와 식량과 물건을 훔쳐 가고, 여자도 잡아가서 일을 시킨다고 하니 산적이나 다름없다는 말을 들은 적이 있었다.

정간은 예전에 금산전투지에서 만났던 사람 '송씨'를 찾아갔다. 그 사람도 딸을 잃고 아직까지도 울분을 참지 못하고 있었다. 정간이 일어났던 사실들을 이야기하니 함께 그자들을 찾아 떠나자고 하였다. '송씨'가 결의에 차서 말했다.

"우리 조선에는 왜놈의 앞잡이 노릇을 한 자들이 머물고 있는 곳이 여러 군데 있습니다. 그들은 왜군이 남쪽으로 물러나 있으니 양심의 가책을 받아 이러지도 저러지도 못하는 신세가 되었는데, 어떤 자들은 혹독하여 마을 사람을 괴롭히고 피해를 주니 그런 자들을 그대로 내버려 둘 수가 없소이다."

근처 지역에서 수소문을 하고 추적하고자 돌아다녔지만 도둑들의 행방을 알 수 있는 아무런 단서를 찾지 못했다. 정간은 정보 형님과 형수님에게 만행을 저지른 자들을 찾지 못하여서 미혹하고 허탈하였다.

'송씨'가 예전에 자신의 종친이 살고 있는 마을에도 도둑이 자주 출몰한다는 말을 그곳에 다녀온 사람으로부터 들은 적이 있으니 가 보자고 하였다. 그래서 도둑들이 그곳에도 웅거할 수도 있다는 추측을 하며, 말을 타고 멀리 달려가서 진천을 지나 '칠장산' 근처에 있는 '송씨'의 종친 집으로 가서 알아보기로 하였다.

도착하여 살펴보니, 마을은 왜적의 피해가 심하지 않고 온전해 보였다. 그런데 피해가 없다는 것이 원인이 된 모양인지, 이 마을에 남아 있는 식량을 노린 도적들이 노략질을 하러 들이닥쳤다. 마을 사람들 말로는, 그자들이 산속에 웅거하며 가끔씩 내려와서 식량을 뺏거나 가져간다고 하였다. 그렇다면 그자들은 이 근처 산속 어디에선가 지내고 있는 것이 틀림없었다.

'송씨'가 종친 집을 찾아가서 인사를 하고 여기에 온 사유를 이야기하니 음식을 가져다주며 언젠가는 그자들이 또 나타날 것이니 옆에 있는 빈집에 들어가서 기다리는 것이 좋을 것이라고 하였다. 예전에 처음 그자들이 마을에 들어왔을 때 위급하여 부인과 딸을 데리고 간신히 피신했다가 돌아왔다고 하였다. 그자들은 식량이 제법 있어 보이는 자신의 큰집을 노리고 들어왔고 훔쳐 달아났다고 말하였다.

며칠을 머무르자, 마침내 저녁에 마을에 수상한 자들이 네 명이 나타났다. '송씨'와 정간이 숨어서 기다리고 있는데 그들은 다시 종친 집의 문 앞으로 와서 살피며 두 명이 들어왔다. 그러자 정간이 문을 가로막으며 외쳤다.

"당신들은 누구냐?"

그들은 놀라서 쳐다보더니 한 사람이 소리를 내자 밖에 있는 사람까지 들어와 칼을 빼 들며 무작정 죽이려고 덤벼들었다. 정간과 '송씨'도 칼을 빼서 싸움이 벌어졌다. 부딪치며 날카로운 칼 소리가 나고 두 명이 피를 흘리고 쓰러졌다. 그것을 본 나머지 두 명은 달아나기 시작했다. 어둠 속이라 도망간 자를 추적하지 못하고 죽은 자가 누구인지도 알 수 없으니 궁금하였다. 집주인 종친은 숨어서 보고 있다가 나와서 놀라움을 참으며 매우 고맙다고 하였다.

그 일이 마을에 알려지자 사람들도 와서 고맙다고 하였다. 그런데 달아난 두 명이 앙갚음을 하려고 혹시라도 마을에 나타날지도 모른다고 하여 정간과 '송씨'는 그들을 추적하기로 하였다. 그리고 저녁에는 돌아와 다시 빈집에 머물렀다.

어느 날 주막에서 요기를 하며 귀띔을 해 주는 사람에게서 들어보니, 목에 검정색 띠를 두른 자가 도적질을 했다고 하여서 그자를 가로막고 죽이려다가 붙잡아서 말을 걸었다.

"네놈이 '칠장산' 근처 마을에 있는 송씨네 집에 들어간 자가 맞느냐?"

그러자 그자는 고개를 끄덕이며 말을 못했다. 정간은 그자의 발을 묶어 놓고 물어봤는데, 이놈이 정보 형님 집에 들어간 자는 아니어서 허사가 되었다.

"함께 달아난 나머지 한 명은 어디로 갔느냐?"

물으니 아침에 '흉행이' 고개가 있는 곳으로 가겠다고 말하였다며 다시는 이런 일이 없을 것이니 목숨을 살려 달라고 간청하였다. 그래서 사람들 앞에서 다짐을 받고 돌려보냈다. 그리고 마지막 한 명을 추적하려고 하니, 주막 사람들이 '흉행이' 고개가 있는 곳으로 가서 도적들을 잡을 수가 없다고 하였다. 그곳은 역병에 걸려 죽은 자들이 아무렇게 버려지는 곳이라서 사람들이 가까이 가지 않는다는 것이었다. 그 말을 들은 정간은 더 이상 추적을 하지 않고 그만두었다.

'송씨'가 종친이 있는 곳으로 다시 오면서 이야기를 나누던 중 정간에게 아직까지 혼인을 하지 않은 것에 대한 연유를 물었다.

"김공은 혼령기가 지난 것 같은데 아직 혼인을 안 했으니 어찌 된 것인가?"

그러자 정간이 답했다.

"전쟁 전에 내 누님이 혼인을 먼저 하고 우리 가족에서 내가 마지막 차례인데 임진년에 전쟁이 터졌습니다."

그리고 아버님께서 현재 격리가 되어 어려움에 있으니 혼처를 찾고 정할 수 없다고 덧붙였다. 그러자 '송씨'가 물었다.

"김공! 내 종친 집에서 본 따님을 어찌 생각하는가? 내가 보니 미모가 좋고 참하게 보이지 않던가! 나는 두 번이나 자네가 아가씨를 쳐다보는 눈빛을 유심히 곁에서 보았네!"

그러자 정간이 '하하하' 웃으며 말했다.

"저의 모습을 그렇게 쳐다보았습니까? 그러면 아가씨 모습은 못 보았습니까?"

그러자, '송씨'가 껄껄 웃으며 답했다.

"아닐세! 아가씨 모습도 내가 보았네. 어쩐지 자네를 좋아할 같 다는 느낌이 드네. 오늘 저녁에 내가 종친 집에 들어가서 함께 있 으면서 의향을 물어볼 걸세!"

그날 밤, 종친은 두 사람이 내일 떠난다니 모처럼 술을 대접하였 다. 그리고 서로가 화기애애하니 옛이야기를 하고 물어보며 정담 을 나누었는데, 이따금 술을 가지고 들어온 따님을 정간은 술에 취 해서 어른거리며 쳐다보다가 민망하여 자리에서 먼저 나오니 '송씨' 는 종친과 앉아서 정간에 대한 혼인 이야기를 나누었다.

정간은 양성으로 서둘러서 피신을 한 누님을 찾아서 들어갔다. 며칠간 머물렀던 '송씨' 종친의 집과는 그리 먼 거리가 아니어서 다 행이었다. 누님은 동생 정간을 보고 반갑게 맞이하였다. 정간이 누 님에게 그동안의 안부를 묻자, 누님은 웃으며 답했다.

"나는 여기 양성으로 너의 매부께서 알려 준 대로 찾아서 이렇게 무사히 왔단다. 이곳에서는 불편은 하여도 참고 잘 지낼 수가 있으 니 다행이다. 너의 매부께서 며칠 전에 바쁘게 다녀가셨는데 곧 한 양으로 올라갈 것 같다. 그러니 지금도 내가 기뻐서 가슴이 벅차오 르고, 그날을 기다리면서 자꾸 설레는구나. 정간아! 그래, 아버님 은 무사하시니? 어떻게 지내다가 오게 된 것이냐?"

누님의 물음에, 정간은 아버님과 어머님은 무사하신데 정보 형님이 도적들에게 당하니 분통이 터져 추적에 나섰던 일을 말하였다. 그러자 누님은 몹시 놀라고 마음 아파하였다.

"정간아! 너는 결혼도 아직 안 했는데 아버지 어머니께서 걱정이 크지 않겠니? 아버님이 하는 수 없이 너를 나에게 보냈지만 죽거나 다쳐서 걸을 수 없고 먹을 수도 없다면, 부모님께 한숨짓게 만들고 눈물을 흘리게 하는 것이다. 다시 말해 나는 너무 앞서며 돌아다니는 너의 앞길이 염려된다."

"누님의 뜻을 잘 압니다. 하지만 그러다가 내가 어떻게 되어 죽을지는 모르지만 그래도 해야 할 일을 해야 하지 않겠어요?"

정간은 이렇게 말하며 누님의 눈을 쳐다보았다. 그러자 누님은 하는 수 없이 정간의 기상과 마음을 높여 주고자,

"아버님께서 무고한 사람을 죽이면 안 된다고 하셨는데 그 도둑을 죽이지 않고 살려 주기를 잘한 것이다. 그 사람이 잘못을 저질렀어도 가족이 있을 수 있고 기다리는 사람도 있을 것이다. 그런데 잘 알지 못하고 무참히 죽이는 것은 안 되지 않겠니? 올바른 길로 가면 하늘이 돕는다고 하니 꼭 그렇게 해 나가자."

하였다. 이에 정간은 그렇게 하겠다고 대답하였다.

그런데 정간은 시간이 점점 지나가며 누님의 예쁜 모습을 볼 때마다 이전에 만났던 '송씨 아가씨'가 자꾸 아른거리며 떠오르기만 하였다.

#12
돌아온 옛집

한양에선 도성의 복구 작업이 시작됐다고 했지만 아직은 눈에 띄게 들어오지 않고 내부 수리가 한창이었다. 그리고 1593년 9월 말이 되어 선조 임금이 한양으로 돌아왔지만 남쪽에는 여전히 왜적들이 판을 치고 있었고, 언제 다시 밀려올지도 모르는 불안한 상태이었다.

한양 주변으로 나가면 그야말로 쑥대밭이 되어 있었다. 길에는 아직도 죽은 사람들이 많이 놓여 있었고, 부상을 당하여 길거리에서 나뒹그러져 있는 사람들도 흔히 볼 수 있었다. 피난을 갔던 사람들이 한양으로 돌아오고 있는데 무엇 하나를 제대로 할 수 없고 굶주림에 시달리는 형세이었다.

선조 임금을 따라 한양으로 온 덕열은 오랫동안 방치되어 있었던 집을 어느 정도 수리하였으나 무너지고 찌그러져 볼품이 없었다. 아버님이 아끼던 서책도 타서 없어지고 다른 방에 일부만이 남아 있었다. 아버님이 지내시고 자신이 어릴 때부터 자라 온 집터인데 왜적들에 의해 파괴되었으니 마음이 분하고 울화가 치밀었다. 하지만 덕열은 어떻게든 부인을 빨리 이 집으로 데려오고 싶었다.

어느 정도 수리를 하고 나서 날씨가 추워지기 전에 기별하여 부인을 한양으로 올라오게 하였다. 부인이 양성에 머무른 지 한 달이 지나 비로소 부인과 아들을 맞이하였다. 오랜만에 부인을 본 덕열은 그동안 고생을 많이 하였다는 생각을 하니 마음이 안쓰러웠다. 아들을 안아 보려는 덕열의 야윈 모습을 보며 부인은 눈시울이 뜨거웠다. 덕열이 부인에게 말했다.

"참 이렇게라도 우리가 살아 있고 다시 보게 되니 기쁘고 부인에게 고맙소! 난리 속에 어렵게 참아 내어 왔다는 것이 천만다행이오!"

그러자 부인이 답했다.

"서방님도 지난번보다 몸이 많이 상하셨습니다. 너무 몸을 돌보지 않으니 병환이라도 날까 걱정입니다."

"난 지금 괜찮소! 그보다 부인이 몸을 상할까 봐 매일매일 걱정이 태산 같았소. 이제 한시름이 놓이오! 그러나 앞으로 살길이 답답합니다. 집이 부서져서 대강 수리를 했지만 여의치가 않소."

덕열은 한숨을 한 번 크게 쉬고 다시 말했다.

"나라가 더 걱정이오. 왜적이 아직도 우글거리니 안심이 안 되고 온통 황폐해지고 굶주린 사람들이 온통 여기 저기 죽어 나가고 있는데 무엇을 어떻게 할 수 있단 말이오. 내가 부인에게 간신히 식량을 보낼 때에도 죽어 가는 사람들을 보고 마음이 무척 아팠소. 내가 임금을 모시고 나랏일에 매인 몸인데 지금으로선 아무런 수습

방책도 없으니 이 나라가 장차 어떻게 될 것인가 걱정스럽구려."

덕열은 부인의 손을 꼭 잡고 말을 이었다.

"왜적들이 돌아가신 아버님의 큰 서재를 모두 불태워 버렸소. 무너지고 타다 남은 곳에 벼루들이 묻혀 있었고 한쪽 바닥 밑에서 조금 남은 연꽃 그림과 불에 그슬린 유품을 찾았소. 그것을 가져가서 먹을 것과 바꾸어서 부인에게 보내려고 했는데 별로 탐탁지 못하고 그림으로 반찬거리를 겨우 구했소이다. 식량이 없어서 난리인데 그보다 귀한 것이 무엇이 있겠습니까? 참 앞으로 굶주린 백성들이 살길이 막막하오. 그나마 우리는 아직은 굶고 있지는 않으니 다행이지만 앞으로 이를 어찌한단 말이오!"

그러자 부인은 주위를 둘러보았다. 혼인을 하고 나서 이 집에서 잠깐 지내다가 서방님이 성주 목사로 부임하니 따라나설 수밖에 없었지만 그래도 상당히 기억에 남아 마음이 가는 집이었다. 그런데 곳곳이 마구 부서지고 일부가 무너져 불에 그슬려 있었다. 그나마 서방님이 수리를 하고 지낼 수 있도록 해 놓았으니 마음이 가벼워졌다. 부인은 생각하였다.

'하루하루를 버티며 희망을 갖고 살아가다 보면 앞날이 한층 좋아질 것이다. 사람이 언제 어떻게 죽을지도 모르는 세상에서 지금이 마지막이라고 생각하면 더 열심히 살아야 한다. 어떻게든 헤쳐 나가야 한다. 그것이 최선을 다하는 것이다.'

그런데 몸이 수척해진 서방님도 걱정이 되었다.

"그렇지만 지금부터 무엇을 해야 하지 하겠습니까?"

하면서 서방님의 모습을 다시 쳐다보았다. 그러자 덕열이 애틋하고 가슴 아픈 심정으로 손을 잡으며 포옹을 해 주니 부인은 눈시울이 뜨거워졌다.

"이제부터 집안일은 저에게 맡기세요. 영감님은 나랏일에만 전념하세요."

하고 하였다.

그 후부터 수리를 계속하니 엉망이 된 집안이 한층 말끔해졌다. 덕열은 그동안 부인 걱정에 얽매여 있던 마음이 한결 홀가분하여졌다. 이제야 부인과 아들에 대한 마음을 놓을 수 있었으나 앞일을 생각하면 걱정이 많이 되었다. 그리고 주변 사람들이 끼니를 해결하지 못해서 배고파하는 모습을 보면 돕고 싶은 마음에 애석하기만 하였다. 추운 겨울이 고비였다.

"수많은 굶주린 사람들이 매서운 겨울을 어떻게 지낼 것인가?"

근심하면서 보내는 하루하루의 관직 생활이 많이 부담되었다.

그런데 겨울이 지나고 놀랍고 기쁜 일이 일어났다. 다시 병을 앓고 누워서 지낸다던 사악이 처와 함께 돌아온 것이다. 양아들 사악을 보고 덕열은 매우 반가웠다. 모습이 많이 수척해진 사악은 몸이 아픈 것같이 보였다. 하지만 아주 또렷한 목소리와 눈빛엔 아직 총기가 있었다.

예전에 사악이 죽음에 직면해서 간신히 살아 나왔던 이야기를 듣고서 너무나 가슴이 철렁하였다. 그 후에 사악은 잘 지내다가 또 다른 병환 소식으로 연락이 끊기니 위태로워 보여 더욱 염려하였는데, 지금까지 처가댁 가까운 곳에서 겨울을 보내며 치료를 했다고 하였다.

1595년 4월, 덕열은 명을 받아서 해주로 가게 되었다. 중전인 의인왕후의 모친이 세상을 떠나 선조 임금이 조의 문안을 보냈기 때문이다. 의인왕후는 선조 임금이 해주 행재소에서 한양으로 돌아올 때 함께 따라오지 않고 모친이 살고 있는 해주에서 오랫동안 머무르고 있었다. 중전은 아이를 낳지 못하고 선조 임금의 관심에서 멀어졌지만, 궁궐을 벗어나 해주에 지내면서 정이 많이 들어 있었다.

조문을 하려고 많은 사람들이 드나들었다. 덕열이 도착하여 문상을 드리니 의인왕후는 오랫만에 덕열을 보고서 마음이 고맙고 반가웠다. 왕후 옆에는 정원군도 함께 와서 있었다. 덕열은 왕후와 말을 나누고 선조 임금께서 보낸 애도의 뜻을 표하니 마음이 흡족하였다. 의인왕후는 덕열에게 살아가는 모습과 형편을 묻자, 부인이 최근 한양으로 올라와서 둘째 아이를 가졌다고 하였다. 그러자 왕후는 많이 기뻐하면서 옆에 있는 정원군의 부인도 아이(후에 인조임금)를 가졌다고 말하면서 축하하여 주었다.

덕열이 문상에서 돌아올 때 의인왕후는 부인에게 가져다주라며 조그마한 옥구슬을 고마움의 답례품으로 건네주었다. 그래서 덕열은 언젠가 처남인 '김정보'가 왜적에 잡혔을 때 옥구슬로 간신히 살아나고 겪었던 일이 생각났다. 한양 집으로 돌아오니 부인이 덕열의 모습을 보고 반겼다.

"그동안에 힘들지 않으셨습니까? 많이 피곤해 보이십니다."

"난 하나도 힘들지 않았소. 이것은 부인에게 줄 선물이오. 왕비 마마께 주셨습니다."

덕열은 옥구슬을 부인에게 건네며 말했다.

"부인에게 미안하오! 그동안 어떤 선물도 증표도 주지 못하였으니 내 마음이 참 안되었소. 이제야 이야기를 전하오. 처남 정보가 누님에게 주려고 고이 간직했다가 왜적에게 뺏긴 옥구슬 이야기를 해 주었구려. 정보가 많이 아쉬워하였으니 처남 대신에 이 구슬을 부인이 받아 주시오."

구슬을 받아 보고 부인은 마음이 기뻤다.

"지금 같은 환란 속에 먹지 못해서 굶주림에 사는 세상에서 옥구슬이 무슨 소용이 있겠습니까? 어떤 자가 한번은 옥구슬을 주고 식량으로 바꾸려고 했는데 거절당하고 아무도 거들떠보지도 않았다는 말을 들었습니다. 식량을 구하려는 난리판에서 염치가 없을 수 있습니다. 하지만 저를 생각해 주시니 잘 간직하겠습니다."

그러면서 부인은 고마워하는 눈웃음을 보여 주었다.

부인이 집안일을 하는 데는 하나도 소홀함이 없었다. 일꾼과 종을 긍휼히 하여 격려를 하고 공평히 처우를 하여 주니 모두들 고마워하였다. 그 후에 1595년 9월 16일 아이가 태어났는데 이름을 '사영'이라고 지었다.

#13
다시 험악한 전쟁

1597년 7월, 정유재란이 발발하고 다시 엄청난 왜군이 몰려왔다. 그런데 왜군들이 좌우로 나뉘고 이번에는 남원 쪽으로 공격해 들어갔다. 남원성에서 관군과 명나라 원군이 합세하고 민간인들도 사력을 다해 왜군과 치열하게 싸웠으나 수적으로 열세에 밀려 성이 함락되고 모두 무참히 처절하게 죽였다.

그뿐만 아니라 왜군은 수많은 조선 사람들의 코를 베어서 가져갔다. 왜군들은 조선 사람만 보면 죽은 사람이든 살아 있는 사람이든 우선 코부터 베어서 주머니에 담았다. 여성이든 아동이든 구별하지 않고 달려들어 코를 베었다. 마을은 물론 산과 들도 불태우고 사람을 죽이니 비참하기 이를 데가 없었다.

남원 지역을 피해서 가까스로 빠져나온 사람들이 통렬한 울분을 금치 못했다. 아비규환에 부모와 자식들이 생사를 알지 못하고 한탄을 지었다. 부인은 피난을 온 사람을 통해 잘 알고 있는 친척이 처참하게 죽었다는 소식에 크게 놀라서 마음 아파하며, 왜적들의 잔인한 만행에 울분을 토했다. 남원 주포에도 왜적들이 들어왔다고 하니 어떻게 되었는지 무척 궁금하였다.

한편 덕열은 명나라 추가 지원군을 맞이하기 위하여 명을 받고 평안도에 나가 있었다. 명군 수장인 '경리 양호'가 이끄는 군사가 의주로 오고 있기 때문이었다. 남원성에서 전주를 거쳐서 한양으로 몰려오는 왜군을 빠른 시일 내에 저지해야 하는데, 조선 조정에서는 화급을 다투어 위기를 막고자 기다리니 초조하기만 하였다.

덕열의 마음도 왜군이 한양으로 밀고 들어오면 또다시 겪게 되는 엄청나고 처참한 수난이 위태롭기만 하였다. 그런 생각을 하면서 찌는 듯한 날씨에 더 내려오는 명군을 대기하다가 지친 덕열은 한양에서 부인과 아이가 어떻게 지내는지 너무 염려되어 소식을 전하였다.

요사이 어떻게 지내며 아기네는 어떠한가? 잊은 적이 없네. 나는 무사하네. 날이 삼복이 다 지나도 너무 더워 피곤하니 일어나지 못하네. 양 경리 행차가 11일 의주로 출발했다 하니, 16~17일에는 안주에 올 것이니 지내고 즉시 떠나면 26~27일 사이에는 들어갈 것이네.

1597년 7월 14일 아침 李 숙천 와서 적네.

왜군들이 계속해서 올라오고 있었다. 가까스로 조명 연합군은 왜군들이 경기도에서 한양으로 진입하는 것을 막기 위해 온갖 힘을 다하여 접전을 벌이고 있었다. 조선의 영토 우측에서도 점령한 왜군들이 민중들을 죽이고, 불태우며, 끌고 가서 코를 베고, 강간하며 모든 곳을 약탈하고 있었다.

조선군과 명군이 올라오는 왜군을 강력히 저지하며 곳곳에 접전을 거듭하다가 밀어내자, 물러나면서 울산 쪽으로 집결하여 서로 대치 상태가 되었다. 울산성 전투에 곧바로 들어갔지만 왜군은 기세가 등등하여 조금도 방어를 소홀하지 않으니, 공격하는 것이 여의치 않았다. 성을 함락하기가 쉽지 않을 뿐 아니라, 왜군이 별도의 왜성들을 짓고 더 강력한 전투태세를 갖추었다. 조명 연합군에게는 울산성 함락이 우선 순서였지만, 다른 지역에서는 아직도 곳곳에 전투가 벌어져서 병사들이 죽고 피해를 입고 있었다.

한참 왜군과 싸움이 치열할 때, 1597년 12월 이덕열은 명나라 '이여매'의 접반사로서 울산성 전투에 함께하였다. 접반사는 임시로 임명된 조선 관리로서 명나라 장수를 보조하고 접대하는 것이 임무였다. 의사소통에서 서로 말이 통하지 않으면 글로 적어서 교류하였다.

이여매 부총병이 참모장군 모임에서 끝나고 막사 안으로 들어와서 조금 더 여유를 갖고 쉬고 있었다. 이여매는 이덕열보다 훨씬 나이가 적어서 동생 같았지만 잘 보좌해야 했다. 이덕열이 전하였다.

"왜군이 저렇게 왜성을 쌓고 막바지 힘을 다해 강력하게 저항하고 있는데 이제까지 전투와는 달리 쉽지는 않을 것이오."

그러자 이여매가 장담한다는 듯이 말했다.

"나도 그렇게는 생각하나 우리 명나라 군이 모두 이곳에 집결하여 있으니 조선군보다 먼저 앞장서고 한꺼번에 밀어붙여 공격하여 함락시킬 것이오. 그까짓 왜군을 울산성에서 쫓아내는 것은 별로 문제없을 것입니다."

이덕열은 동의를 하는 표정으로 고개를 끄덕였다.

"정말 그렇소이다."

그러고는 잠시 생각에 잠기더니 말을 이었다.

"그건 그렇고 이보게! 이여매 장군! 그대는 명나라에서 왔지만 형님 '이여송' 장군 일가의 가계는 본래 조상 때부터 조선 사람의 피가 흐른다고 들었소. 그런데 왜 그대의 형 이여송은 우리 조선을 아주 못마땅하게 보는 것이오? 그대도 조선 나라가 싫소?"

하고 물었다. 그러자 이여매가

"이여송 형님이 예전에 조선 산맥 속의 기혈을 찾아서 말뚝을 박았다는 것은 조선을 망치려고 하는 것이 아니요! 우리는 조선이 장차 부흥하여 명나라를 넘보는 것을 꺼릴 뿐이오. 우리는 조선 땅을 명나라 통치 아래에 두고 싶소이다. 우리 명나라는 조선을 아래에다 두고서 잘 살도록 보살피고 도우며 지켜 주는 것이지, 조선이 더 이상 왕성하게 커지는 것을 원치 않습니다."

"이보게! 이여매 부총관! 그대의 몸에는 조선인의 피가 흐르고 있지 않소? 그러니 조선 사람이 될 수가 있소이다. 조선이 더욱 잘되고 부강해지면 좋지 않소?"

이여매가 대답했다.

"이여송 형님과 나는 조선 사람의 혈통이라도 지금은 명나라의 장수요! 만일 명나라에 충성을 보이지 않으면 우리는 모두 죽을 것이오. 그래서 조선이 왕성해지는 것을 막겠다는 태도를 명나라 황제에게 보여 주어서, 자신이 조선을 거부하고 명나라 신하로서 충성함을 알리고자 하는 것이오!"

덕열은 그 말을 듣고 어이가 없었다.

"이보게! 그렇다고 그런 방식으로 명나라 황제에게 충성하는 것이 나는 몹시 마땅치 않소. 그것은 조선 백성에게 크게 원한을 사는 것이오. 그리고 그대도 조선 사람이나 마찬가지인데, 그대의 후손이 잘되면, 지금 그대가 사는 동안 덕행을 아주 잘 베풀었다는 것을 말해 주는 것이니 후손들이 고맙다고 할 것이오. 그러니 이것을 알고 이여송 형님에게 일깨워 주길 바라오!"

하여튼 이여매 부총병은 오로지 자신이 전투에서 전과를 올리는 것에 매달렸다. 이여매는 1만 2천여 명의 병력을 이끌고 울산성의 좌협 공격을 맡았는데 조선군이 지원을 했다. 울산성을 함락하고 성 밖의 왜군 주둔지를 격파하며, 왜군 적장 중에서 가장 악랄한 원흉인 가토(가등청정)를 죽이거나 사로잡는 것이 우선이었다. 그런데 막상 이여매의 군사가 앞장서서 기세를 올리며 총공격하여 울산성을 함락했을 때는 노련하고 무도한 가토가 그곳에 없고 다른 왜성으로 나가 있었으니 조명연합군은 크게 실망하였다.

남해안의 다른 성에 주둔하고 있었던 왜군들이 궁지에 빠진 가토를 돕고 수비하기 위해서 계속 몰려들기 시작하였다. 그래서 조명 연합군과 왜군의 전투는 진전을 이루지 못하고 좌절되며 정체의 길로 들어갔다.

그러던 중 이여매는 명나라로부터 이제 그만 퇴각하여 나오라는 명을 받았다. 이에 이여매가 한양을 통하여 요동으로 간다고 하였다. 이덕열은 어쩔 수 없지만, 완강히 저항하는 왜군을 완전히 격퇴하지 못함이 아쉽다고 하였다. 그러자 이여매가 말했다.

"접반사 영감! 다른 명나라의 군사들이 그대로 이곳에 남아 있으니 별로 큰 염려를 하지 않아도 됩니다. 명나라군이 끝까지 지켜서 왜군을 몰아내겠으니 많이 염려하지 마십시오."

"이곳에서 퇴각하는 것도 주의를 잘 살피고 빠져나가야 한다고 봅니다. 내 경험으로 봐서 퇴각하는 병사들은 전투의식이 약해지기 때문입니다. 긴장을 안 하고 마음이 흐트러지기 십상이오. 적절한 상황을 살펴서 빠져나가야 합니다."

그러자 이여매가 어이없다는 듯 답했다.

"내버려 두시오! 막바지로 명나라로 돌아가는 길인데 별 염려를 다 하시오."

그러던 어느 날, 이여매는 전갈도 없이 갑자기 병사들에게 강압적인 통제와 주의를 주지 않고, 서둘러 선두를 지키며 먼저 빠져나갔다. 이에 걱정되어 이덕열이 다시 가서 말했다.

"우리가 뒤에 위치하여서 튼튼한 병사들이 후미를 지키도록 하여 안전하게 나아가야 합니다. 먼저 앞서가면 어떻게 뒤따르는 부하들을 통제한단 말이요. 병사들이 이곳저곳 들르면서 놀자 판을 벌일 것입니다."

그러자 이여매가 상관없다는 듯 답했다.

"철군할 때이니 군사들이 마음에 여유를 갖고 즐기도록 내버려두시오."

철군하는 군사들이 무질서하고 마음이 흐트러져서 한탕 하고 돌아가려는 욕심을 갖고 있는데도, 이여매가 멋대로 하도록 내버려두는 바람에, 지나가는 도중에 있던 조선 마을들이 명군에 의해 큰 피해를 당하였다. 재물이 강탈당하고 거부하면 죽였으며 심지어 아녀자를 농락하고 겁탈하기까지 하니 비참하였다. 이덕열은 가슴이 아프고 안타깝고 울분이 나서 견딜 수가 없었다.

그런데 이러한 기회를 노려서 왜군들이 맹렬히 뒤에서 추격해 왔다. 이여매가 방심한 탓에 후미에서 흥청대고 요지경을 벌이며 뒤처진 명나라 병사 3천여 명이 거의 죽음을 당하였다. 결국 큰 병력이 손실당하고 말았는데, 명나라로 돌아가는 군사들의 기분을 좀 풀어 주고 여유를 갖도록 하다가 그리되어 버린 것이다.

#14
해주의 연정

이여매가 명나라로 돌아가는 데 병영을 정비하고 부상당한 병사들의 수습이 잘 되지 않아 늦어지고 있었다. 따라서 이덕열도 같은 형편이 되었다. 그런데 한양으로부터 아들이 태어났다는 기쁜 소식을 전해 받았다. 덕열은 부인과 태어난 아들을 하루빨리 보고 싶었지만 어쩔 수가 없었다.

결국 오랜 시일이 걸려 한양으로 와서 부인을 찾아보게 되었다. 오랜만에 부인을 보니 반가웠고 태어난 아이를 보니 마음이 기뻤다. 아이의 이름은 '사헌'이라고 지었다. 그런데 이덕열은 한양에 좀 더 머물지 못하고 명을 받아 5월에 해주의 분승지로 나가게 되었다. 해주에서 계속 지내고 있는 중전인 의인왕후를 보필하라는 명을 받았기 때문이었다. 아이를 생산하지 못하는 중전이니 선조 임금으로부터 마음이 멀어져서 지내고, 한양의 파손된 궁전이 아직 복구되지 않은 상태라 서둘러 한양의 도성으로 데려오고 싶은 마음이 없었던 탓이었다.

덕열은 다시 부인과 헤어진다는 말을 해야 하니 가슴이 애처롭고 쓰라렸다. 부인에게 넌지시 이야기를 했다.

"내가 다시 해주로 가야 할 것 같습니다. 그러니 또 우리가 떨어져 있을지 모를 일이오."

"저번에 해주에 다녀오지 않으셨습니까? 어찌 이번에도 해주로 다시 가도록 하는 것입니까? 참 마땅치가 않습니다. 그리고 전 또다시 헤어져 있고 싶지 않습니다."

"나도 그렇소이다. 부인을 가까이 두고 지내는 것이 내 마음이오!"

이덕열은 부인의 손을 잡고 눈을 마주쳤다. 부인이 눈시울을 흘리며 애타듯이 바라보면서,

"주상전하의 명이니 어쩔 수 없지 않습니까? 아녀자는 지아비의 뜻을 받들고 처신을 따라야 한다고 하였습니다. 그러니 너무 괘념치 마십시오."

하며 안쓰러워하였다. 덕열이 부인의 이마에 얼굴을 갖다 대며 말했다.

"나는 또 부인이 많이 보고 싶을 것이오. 그리고 또 부인이 혼자서 많이 고생하는 것을 못 보겠습니다."

그러자 부인이 얼굴을 젖히며 답했다.

"여기는 너무 염려하지 마세요. 저는 오랫동안 서방님의 건강이 염려됩니다."

그런데 며칠 후, 덕열이 반가운 소식을 가지고 돌아왔다.

"부인! 나는 해주에 부인을 함께 데려갈 수 있을 것이오. 정말 기

쁘고 다행이오."

"정말이십니까? 정말 그렇사옵니까?"

부인은 어쩔 줄 모르며 몸을 덩실덩실하며 기뻐하였다. 이덕열이 해주의 분승지로 가게 되었는데 오래 머무를 수 있기 때문에, 부인을 데려갈 수 있도록 청을 올려서 이루게 되니 참으로 다행이었다.

1598년 5월, 해주로 가는 들녘에서 꽃들이 여기저기 피어나 꽃향기가 뿜어져 나왔다. 부인은 먼 여정을 덕열 서방님과 함께 나선 것은 처음이었다. 덕열은 예전에도 해주에 갔던 적이 있어서 길의 향방을 잘 알고 있으니 안심이 되었다. 종종 쉬면서 가는데 주변 언덕길에서 자두꽃의 그윽한 향기가 퍼져 아름다운 정취를 감돌게 하였다.

해주 지역은 전란의 와중에 왜적의 피해가 있었으나, 복구를 한 덕에 본래대로 유지된 곳이 많아서 다행이었다. 주변의 산천이 기풍 있고 수려하여 마음을 시원하게 해 주었다. 황폐한 모습이 좀처럼 눈에 띄지 않아 오래 머무를수록 근심을 떠나보내면서 지낼 수 있는 곳이었다.

그런데 도착하니 우선 거처를 정하기가 어려워 관직에서 연고가 있는 '장운익'의 처갓집에 짐을 내리고 함께 지냈으나, 곧 해주 관아에서 별도로 지낼 수 있는 숙소를 마련해 주었다. 그곳은 해주 부용당에서 가까운 곳에 위치하고 있었다. 그래도 지내기에 편리하고 주변이 훤하니 부인도 마음에 들어 흐뭇하였다.

어느 날 덕열은 해주 주위의 여기저기 멋있는 풍취를 부인에게 보여 주고 싶어서 데리고 나갔다. 아이들은 유모와 집안일을 잘하는 순복에게 맡기고, 서로 말을 타고 북쪽 주변의 산세를 둘러보니, 부인은 현숙하고 감수성도 풍부하여 서방님과 함께하는 구경에 기분이 매우 상기되었다. 부인이 말에서 내려서 쉬면서 이야기했다.

"해주는 무너지고 불타서 엉망이 된 한양과는 많이 다른 모습입니다. 내가 어릴 때 자란 곳과도 흡사해서 그때를 기억나게 해 줍니다!"

"그러시오? 나도 이런 곳을 많이 좋아하오. 나도 아주 오래전에 아버님을 따라 소백산의 풍광을 가서 보았소. 참으로 나를 감탄하게 해 주었지요. 너무 신성하고 아름다운 곳이었소. 우리 당분간은 모든 시름과 고난을 멀리 두고 편안히 지냅시다."

덕열은 부인의 손목을 잡아 주며 말을 이었다.

"말을 타고 좁은 언덕길을 올라갈 때는 급하게 가지 않을 테니 천천히 따라오세요! 다치면 아주 큰일입니다."

"영감님이 더 조심하세요! 나도 더 걱정이 듭니다."

그러자 덕열이 크게 '하하하' 웃으며 말했다.

"오히려 내 걱정을 해 주시는군요!"

"호호호, 예! 그것이 지금 저의 심정입니다."

"부인이 다치면 앞으로 아이들을 어떻게 잘 자라게 보살핍니까?"

"크게 염려하지 마세요! 정말 오랜만에 혼자 말을 타는 것 같아서 너무나 좋습니다."

덕열은 부인을 해주 부용당으로 데려갔다. 부용당은 연꽃이 피는 호수의 물 위에다가 일부분을 누각으로 이어 세워 그 자태가 물속에 비추니 영롱하게 아른거리며 근사하였다. 두 사람이 상쾌한 바람을 타고 걸어가면서 둘러보니 더욱 고상한 부용당의 정취를 만끽할 수 있었다.

그렇게 구경을 하고 돌아서 나오는데, 행궁에서 지내는 의인왕후를 뜻밖에 만나게 되었다. 모처럼 부용당을 둘러보려고 시녀와 함께 나온 것 같았다. 덕열이 왕후에게 인사를 드리자 왕후가 말했다.

"승지가 어쩐 일인가요? 승지도 구경을 오셨군요!"

"예! 저도 오늘은 쉬는 날이니 행궁으로 가지 않고 이곳으로 왔습니다."

그러면서 덕열은 옆에 있는 부인을 소개시켰다.

"저의 처자입니다. 한양에서 청을 올리고 여기에 함께 왔습니다."

그러자 부인은 예를 갖추어 왕후에게 인사를 올렸다.

"중전마마를 처음 뵙겠습니다."

"그래요! 한양에서 고생이 많았을 텐데 여기로 와서 다행입니다. 그리고 나는 승지가 와서 많이 고맙습니다. 이곳은 안심이 되는 곳이니 마음을 편히 하고 지내세요!"

그러면서 의인왕후는 덕열에게 웃음 지으며 말했다.

"듣자 하니 이승지 부인이 많이 젊다고 하던데 참말이군요! 부인을 잘 보살펴 주세요!"

저녁에 덕열은 오랜만에 부인과 마주 앉아 술을 마시었다. 덕열이 술을 권하면서 말했다.

　"내가 부인과 술잔은 함께 나누고 싶었는데 오늘이 참 그런 날이 되는 것 같습니다."

　"저도 마주 앉아 술을 마신 지가 언제인지 기억이 잘 나지 않습니다. 항상 왜적에 쫓기고 험난한 길을 걸어서 다녀야만 했거든요. 오래 떨어져서 지냈으니 우리가 마음을 나누며 지내기가 쉽지가 않았습니다."

　"그래요! 모두가 나의 형편대로만 하여서 그렇게 되었소. 내 잘못이 크오. 내가 많이 미안하네! 우리가 급하게 살아가다 보면 평생에 즐거움이 몇 번이나 있겠소. 오늘 같은 날은 찾기가 힘들 거요."

　"저도 그렇습니다. 참 오늘은 많이 좋았습니다. 어떤 경우는 제가 아녀자로서 마음이 여려서 잘 상하는 경우도 있습니다. 다만 가슴 안으로 참고 넘어가는 것이 도리라고 여기며 지냈습니다."

　"그러셨구려! 그 또한 내가 풀어 주지도 못하고 알아차리지 못했으니 목석같은 나를 원망하는 것이 당연하오. 내가 잘못이 많습니다. 더욱 미안하오. 자! 내 술잔을 한 잔 더 받아 주시오."

　그러면서 덕열은 부인에게 술을 따라 권하였다. 그러면서,

　"사실 나는 멀리 떨어져 있어도 하루도 부인을 잊어 본 적이 없었소! 그리고 부인을 너무 많이 보고 싶고 좋아한다는 것을 깨달았소. 그것을 알아주세요!"

　하니, 부인이 '호호호!' 웃으며 되물었다.

"정말로 그리하셨습니까?"

"그래요. 어디서든지 부인에게 항상 달려가고 싶은 심정이 많았습니다."

그러자 부인이 다시 환하게 웃으며 말했다.

"정말 그러셨군요! 그리 말씀해 주시니 내 가슴이 후련하고 녹아듭니다. 잘 새겨서 간직하겠습니다."

"나는 그때마다 예쁜 부인의 얼굴을 떠올려 보며 참고 지냈습니다."

덕열의 말에 부인의 얼굴이 달아올랐다. 그런데 덕열이 다시,

"부인! 미안한 것이 또 하나 있소!"

"뭣인가요?"

그러자 덕열이 멈칫하다가 말을 이었다.

"내 마음은 언제나 부인을 끝까지 지켜 주고 싶소. 그러지 못할까 염려가 되오. 그러면 누가 부인을 보살펴 줄 것인가? 아이들이 크다면 그래도 안심이 될 텐데 흘러가는 세월이 야속합니다."

"당치않은 말씀입니다. 그리고 영감님은 일을 너무 앞세워 하시면서 몸을 혹사하시면 아니 됩니다."

"그래요! 내 부인의 말을 명심하여 듣고 꼭 실천할 테니 염려하지 마세요."

그러자 부인도 훤하게 웃음을 지어 보였다.

"내 마음은 언제나 부인 곁을 떠나고 싶지 않다는 것이 간절하오!"

"호호호, 그러십니까? 듣기에 참 좋습니다."

"소망이 있으면 말해 주시오. 내가 어떻게든 해 주고 싶소."

"정말이십니까? 호호호, 취기가 있으신가요! 새삼스럽게 쑥스럽습니다."

"아니오! 내가 할 것입니다."

그러자 부인은 잠시 망설이는 듯싶더니,

"서방님! 나도 딸이 있으면 좋겠어요!"

라고 말하며 얼굴을 붉혔다.

"그래요! 나도 부인처럼 예쁜 딸을 보았으면 좋겠소."

"나의 친가는 언니들도 있고 오빠 동생들이 많이 있지 않습니까? 지금 아들만 있으니 딸도 있는 것이 좋아 보입니다."

창밖에 달빛이 훤하게 비추고 시원한 바람이 불면서 나뭇가지가 흔들거렸다. 두 사람은 밤늦게까지 이야기를 나누다가 덕열이 부인에게 말을 건넸다.

"내가 너무 마시면 안 될 것 같소이다. 먼저 가서 잠자리에 드세요. 나는 조금 더 있다가 정리할 글문이 밀려 있어서 잊어버리기 전에 마무리를 하고 싶습니다."

"그렇게 하시지요! 하지만 건강을 지켜서야 합니다."

부인이 정리를 하고 자리를 펴 주며 얼마 후에 아기가 잠들어 있는 곳으로 갔다.

#15
싱그러운 날의 대화

　해주에서 덕열은 승지로서 행궁에 들어가 의인왕후의 뜻을 받들고 때로는 덕담을 나누었다. 그런데 한양에서는 중전마마인 의인왕후를 너무 멀리 해주에서 오랫동안 지내게 해서는 안 된다는 의론이 계속 나오고 있으니, 선조 임금은 더 이상 견디지 못하고 중전을 한양으로 모셔 오라는 명을 내렸다. 그러나 의인왕후는 한양으로 가고 싶은 마음이 없어 보였다. 정들었던 여러 곳을 다시 한 번 둘러보고 돌아와서 내일 또 다른 곳에 가 본다고 하였다.

　덕열이 의인왕후께 아뢰었다.

　"너무 지체하면 아니 될 줄로 압니다."

　"예! 한 번만 더 돌아볼 겁니다. 그런데 승지영감은 많이 돌아보았습니까?"

　"지난번 중전마마를 부용당에서 뵐 때하고 한 번 더 처자와 둘러봤습니다."

　그러자 왕후가 웃음 지으며 말했다.

"그랬습니까! 그럼 한 번 더 돌아보시지요! 부인이 섭섭해할 것 같기도 합니다. 그때에 보아하니 승지는 부인이 젊고 미모가 수려하고, 활달하여 생기가 있어 보이니 참 좋으시겠습니다. 젊음이라는 것이 참 부럽습니다!"

"과찬이십니다."

"참, 그러고 보니 말이 나왔으니 내가 묻고 싶은 것이 있소! 아주 옛날이지만 내 이모부의 계녀를 거두어 주어서 고맙습니다. 내가 그때를 생각하면 많이도 심난하였습니다. 가엾게도 갑자기 정혼자가 죽었으니 독수공방을 하고 지내고 있었는데, 그때 내가 자식이 없는 그대에게 청을 하여 받아 거두어 주었으니 다행이었습니다. 그런데 지금은 상당한 세월이 흘렀으니 그쪽 사람은 잘 지내고 있습니까?"

이에 덕열이 고개를 끄덕이며 답했다.

"예! 모두 잘 있습니다. 간혹 소식을 접하고 지내고 있습니다."

"별자이지만 잘 보살펴 주세요!"

이덕열은 의인왕후가 한양으로 돌아갈 행차를 준비하는데 날짜가 다가오니 촉박하여 바쁘게 일을 하였다. 저녁에 돌아와서는 그날의 행궁에서 있었던 일과 나라에서 알게 된 내용을 글로 정리하였다. 그런데 오늘은 시종이 들어오지 않고 어린 아들 사성이가 들어와 탁자와 서간을 정리하였다.

덕열이 사성이를 불러 앉히고 물었다.

"왜 네가 들어와서 방을 가지런히 하느냐?"

그때 부인이 들어와서 말하였다.

"영감! 오늘부터 사성이가 들어올 겁니다. 이제 사성이도 아버지를 도울 수 있는 나이입니다. 그리고 부자간에 더 많이 이야기와 정을 나누시지요!"

"그래요! 부인의 생각이 좋고 옳은 말입니다."

덕열은 사성을 앞에 앉혔다. 그리고 사성의 머리를 쓰다듬으며 손을 잡았다.

"그래! 어머니의 말씀이 옳다. 너하고 아비하고 그동안에 많이 함께하지는 않은 것 같구나! 너는 어디 아픈 데는 없느냐?"

그러자 사성이가 대답했다.

"예! 아버지, 없어요. 어머니가 늘 저를 잘 보살펴 주십니다. 저는 어머니가 정말 좋아요."

"그래! 다행이다. 내가 너에게 뭐라도 해 주고 싶은데 좋아하고 갖고 싶은 것이 있으면 말해 봐라. 이 아비는 너의 그런 것을 아직 잘 모른다. 내가 구할 수 있는지 찾아볼 것이다."

"아버지, 저는 그런 것 없어요! 어머니가 그런 것은 크게 중요하지 않다고 했어요. 어머니와 아버지가 많이 힘드신데 아프시지 않는 것이 내가 좋아하는 것입니다."

그러자 옆에서 보고 있던 부인이 웃을 참지 못하고 '호호호' 하며 귀여워서 사성이를 끌어안으며 말했다.

"아들아! 너에게서 나는 그런 말을 처음 듣는다. 어떻게 그런 생각을 다 할 수 있니?"

그러자 덕열이,

"사성아! 나도 너를 안아 보자!"

하며 사성이를 안았다. 그러면서

"이제 조금 더 크면 안아 볼 수가 없겠구나!"

하고 머리를 다시 쓰다듬으며 말했다.

"사성아! 어머니는 힘들고 곤경 속에서도 너를 걱정하며 항상 곁에 두고 보살펴 오신 분이다. 그리고 너를 낳아 주고 길러 주셨으니 어머니께 항상 감사를 드려야 한다. 너는 우리 가족의 장자이다. 네가 커서도 어머니를 끝까지 잘 보살펴 드려야 한다. 알겠냐?"

"예! 아버지! 제가 어른이 되어도 어머니를 끝까지 지킬 거예요!"

사성이의 커다란 대답에 덕열과 부인은 너무 마음이 기쁘고 시원하였다. 곧이어 아이를 돌보는 시종을 불러서 오늘은 사성이가 착하고 기특하니 맛있는 음식을 주라고 하였다.

사성이가 방에서 나가자, 덕열이 부인에게 말하였다.

"내 돌아가신 아버님이 아주 어릴 때 머나먼 외딴 산골 척지에서 언제 죽을지도 모르고, 낮에는 노작을 하며 밤에는 나와서 밤하늘의 별을 보다가 어머니가 보고 싶어서 눈물을 흘리며 지냈다고 했소. 그러면서 아버님은 나를 보고는 그렇지 않은 것이 다행이라고 했소. 그런데 사성이는 전쟁 속에 태어나서 자라면서 지금까지 온통 싸우며 죽고 헐벗고 울부짖으며 사람들이 피난을 가는 것만 보고 왔으니, 어떻게 어릴 때의 좋은 생각을 떠올려 줄 수가 있겠소!

내 마음에 그것이 안타깝고 애석하오! 아이가 좋은 것을 배우고 자라야 할 텐데 염려가 됩니다. 사영이와 사헌이는 너무 어려서 기억을 가질 수가 없으니 괜찮다만, 나라가 평화로워야 아이들도 착한 마음을 갖는 것인데 우려되오."

그러자 부인이 덕열의 마음을 다독이듯 말했다.

"사성 아버지! 너무 걱정하지 마세요. 사성이는 서방님을 닮아서 태어날 때부터 착한 심성을 가지고 있습니다. 그리고 내가 나의 어린 시절 좋은 이야기도 많이 들려주었습니다. 잘 지낼 것입니다."

"그렇군요! 정말 부인이 좋습니다. 우리 아이들 중에서도 사성이에게는 부인의 가르침이 훨씬 중요합니다."

하며 덕열이 부인의 얼굴을 넌지시 보니, 부인이 환한 눈빛과 웃음을 보이며 겸허하였다.

16
무심한 하늘이여!

1598년 7월 중순에 의인왕후가 해주에서 한양 궁궐로 돌아오고 이덕열은 다시 옛집에서 생활을 하게 되었다. 그런데 이덕열은 도승지로 제수되어서 선조 임금의 교서를 전하고 도처에서 올라오는 글을 임금에게 올리고 관장을 하였다.

9월 중순이 지나면서 다시 남쪽에서는 치열하게 저항하는 왜군과 전투가 시작되고 전시상황 급보가 빈번해지자, 거의 매일 늦게까지 궁중에서 지내는 경우가 많았다. 이덕열은 집에 돌아오면 아침에는 선조 임금이 깨어나기 전에 궁궐에 들어가야 하니 말을 타고 급히 서둘렀다.

그러던 중 어느 날 심한 몸살을 앓았는데 거의 회복이 되지 않으니 일을 할 수 없게 되었다. 덕열은 결국 도승지를 사임하였다. 몸이 쇠약해져서 오랫동안 누워 있는 덕열의 옆에서 부인은 많이 걱정하며 극진히 탕약을 대접하니, 회복이 되고 다시 활력을 찾았다. 덕열은 다시 기운이 솟구치고 예전같이 활동할 수 있게 되었다. 덕열이 부인에게 말하였다.

"너무 걱정하지 마세요. 난 다시 모든 것이 정상으로 돌아왔습니다. 모두다 부인의 덕분이요. 부인이 아니었으면 아직도 자리에 누워 있었을 것입니다. 부인이 있어야 내가 있다는 것을 다시금 알게 해 주어 고맙소."

그러면서 부인의 손을 꼭 잡고 포옹을 하였더니, 부인이 눈시울을 붉혔다.

"저도 마찬가지입니다. 영감이 없으면 저의 마음도 길을 잃고 황량해질 것입니다. 저를 생각한다면 부디 몸을 잘 돌보세요."

"나를 잘 보세요! 지금 이 한겨울에 더 튼튼해진 것 같습니다."

그러자 부인이 환하게 웃음 지으며 대답했다.

"예! 보아하니 그런 것 같습니다!"

새해가 밝아 오고 겨울이 지나가는 따뜻한 날, 덕열의 병환 소식을 듣고 가끔 다녀갔던 양아들 사악이가 친형 '광악'을 데리고 왔다. 광악은 그동안에 남쪽 순천왜성과 울산성 전투에 참전하여 죽음을 앞에 두고 격렬하게 싸움을 벌였으니, 심신이 많이 지쳐 있었으나 전쟁이 끝나고 덕열 당숙어른이 병환으로 누워 계신다는 소식을 듣고 문병을 온 것이다. 그런데 덕열이 많이 회복된 것을 보고 형제는 마음이 가벼워졌다.

덕열이 광악에게 말했다.

"조카가 그동안 왜적들에 맞서 죽을 고비를 넘기면서 수많이 무찔렀으니, 무척 힘들었을 텐데 정말 잘 싸워 주었네! 정말 조카 같은 사람이 있다는 게 큰 자랑일세!"

그러자 광악이 답하였다.

"당숙어른께서도 큰일 날 뻔한 적이 많았지 않았습니까? 모두 다 우리 조선이 무도한 왜적들 앞에 위급해져서 막으려고 일어난 것입니다. 조선 사람이면 다 같이 힘을 모아야지요!"

이에 덕열이 물었다.

"이제 남쪽의 왜군은 모두 물러났는가?"

"왜나라 본토에서 수뇌 도요토미 히데요시가 죽었습니다. 그자가 죽었으니 싸움에 무슨 의미가 있겠습니까? 모두 왜국으로 철수하는 게 당연합니다."

"하여튼 정말 잘하였네! 아마도 주상전하께서 큰 보상을 내릴 걸세!"

덕열은 광악, 사악과 함께 모처럼 술잔을 나누면서 이야기를 하였다. 이렇게 서로 셋이 다시 만나는 것은 광악과 사악의 친부인 '이호얃'의 장례 때 이후로는 처음이었다. 덕열은 양아들 사악을 바라보며 물었다.

"너의 아픈 상처는 어떠냐? 아직도 허리와 다리가 편안하지 않느냐?"

그러자 사악이 답하였다.

"예, 아버님! 아직은 여전히 똑같습니다. 저도 여러 가지 방도로 몸조리를 다하고 있습니다."

"그래 잘 나아야지! 나도 그러하지만 아픈 몸은 자신이 스스로 지켜서 나가야 한다는 것이 무엇보다도 절실하다. 그건 그렇고 우리 가계도에서는 오래전부터 결혼을 하고 대장부가 자식이 없으면 양자를 들이도록 해 놓았다. 나도 그리하였고. 너의 훗날이 염려되니 사악이 너도 양자를 들이는 것이 올바르다고 보아, 사성이 어머니에게도 이런 이야기를 해 두었다. 너의 장래이니 잘 새겨들어야 할 것이다."

그러자 옆에서 광악이 말했다.

"당숙어른께서 사악이의 앞날을 많이 염려해 주시지만, 저도 그것이 많이 안타까우니 다시금 생각해 보겠습니다."

봄이 되고 따뜻해지자 부인은 울타리 밖을 돌아보았는데, 해마다 늦봄이 되어야만 겨우 싹을 틔우던 대추나무가 벌써 잎이 나오기 시작하였다. 부인은 기쁨 마음으로 덕열에게 가서 이야기를 하였더니, 덕열이 미소 띤 얼굴로 말했다.

"벌써 그러하오! 대추나무가 싹이 나왔다고 하니 아마도 어떤 좋은 소식이 있을 것 같소이다."

덕열이 많이 회복되어 활기를 다시 찾았다는 소식이 조정에 들어가서 선조 임금이 기뻐하였다. 그래서 임금을 찾아뵈니 덕열의 건강한 모습을 보고 다시 일을 할 수 있으면 좋겠다고 하였다. 그 후 이덕열은 명나라 사은부사로 차정되었으니 조정에서 많은 대신들이 격려해 주었다.

덕열은 앞으로 예정된 동지사의 보임을 하나씩 준비해 나가기로 하며 하루하루 일과를 보냈다. 저녁에 집에 돌아와서는 그동안 서책을 정리하고 글을 정서하였다. 아들 사성이가 들어와서 도움을 주었다. 덕열이 사성을 탁자 앞자리에 앉히면서 말하였다.

"사성아! 너는 요즘 서책 공부가 잘되느냐?"

그러자 열심히 하고 어머님께서 많이 알려 주신다고 하였다. 이윽고 덕열이 사성에게 물었다.

"너는 왜적들이 쳐들어와서 싸우는 것을 얼마나 보았느냐?"

"예! 왜적들이 우리 조선 사람을 죽이고 괴롭히는 것도 보고, 많은 사람들이 굶주리며 길거리에 누워 있는 것도 보았습니다."

"그래! 잘 보았다. 그래서 어떻게 하면 되겠냐?"

"나쁜 왜적을 물리치고 우리나라 사람을 구해서 돕고 잘 살도록 보살펴야 합니다."

"그래! 그것이 맞다. 그것이 지금도 그리고 앞으로도 너희가 자라면서 반드시 해야 할 일이다."

"예! 아버지, 꼭 명심하겠습니다."

"너는 우리 가족의 장자이다. 그러니 예전에도 말했지만 너는 어머니 말씀을 잘 듣고 항상 잘 지켜 드려야 한다."

"예! 잘 새겨서 듣겠습니다."

덕열이 서책과 잘 보자기에 싸여져 보관된 문집과 서간을 가리키며 말했다.

"저것은 이 아버지가 그동안 집필해 온 문간이다. 그런데 정리가 아직 안 된 것도 있다. 나는 네가 커서 저것들을 볼 수 있으면 좋고, 잘 보관했으면 더욱 좋겠다."

"예! 아버지께서 쓰신 소중한 글이니 제가 꼭 간직하겠습니다."

시간이 지나면서 덕열은 다시 많이 바빠졌다. 저녁에 돌아오면 많이 피곤하여 부인이 옆에서 돌보아 주었다. 덕열이 부인에게 말했다.

"대장부는 몸이 바깥에서 지내는 것인데 나는 자꾸 집으로 오고 싶은 마음이 한결 같습니다. 그것은 부인이 집에 있으니 보고 싶어서 그런 것 같소!"

"저도 영감을 하루 종일 기다리며 살고 있습니다. 그러다가 때로는 영감이 늦는 경우는 마음이 상할 때가 있습니다. 여인네는 여려서 남정네 때문에 시름을 한다는데, 그것은 고금을 통하여 변하지 않는 것 같습니다."

"우리가 살아가다가 보면 즐거움이 얼마나 있겠소. 보다 나은 앞날을 위해서 서로가 한마음으로 살아간다면 즐거움이 더 많아질 것이오. 또한 어려운 처지에 있는 사람을 더 많이 돕고 열심히 살아갈 때, 진정한 기쁨과 즐거움을 가질 수 있다는 이치가 있으니 그렇게 해나갑시다."

"예! 당연하지요. 저도 그리 생각합니다. 하지만 오늘 지금 저는 영감님이 더욱 많이 소중합니다."

부인이 덕열의 몸에 얼굴을 갖다 대었다. 덕열은 부인을 살며시 안아 주었다.

그런데 그날 저녁, 이덕열은 부인을 바라보면서 일어서다가 다시 앉으면서 말했다.

"내일은 주상전하를 찾아뵙고 상정할 일이 있는데 내가 힘이 많이 약해지는 것 같소. 오늘은 일찍 잠을 자야 할 것 같습니다."

그러면서 이덕열은 오늘이 자신의 마지막인 줄을 모르고 부인에게 다시 이렇게 말하였다.

"내가 힘을 얻어서 중국으로 가야 하는데, 지금으로서는 갈 수 있다고 생각하오. 오늘 몸이 아프고 편치 않은데 이 정도면 나을 수도 있다고 봅니다. 내일부터 갈 준비를 더욱 정밀하게 차려야 할 것이오."

그러자 부인이 걱정스러워하며 말했다.

"영감님! 몸이 아프면 정행을 출발할 수 없다고 전갈을 올리세요!"

"아니오! 결정이 된 일이오. 그러니 큰 걱정하지 마시오. 나는 아이들이 걱정이 되오. 언제나 내가 없더라도 아이들을 잘 보살펴 주시오. 부인이 참 알뜰하고 자상하며 긍지심이 강하니 내가 큰 걱정은 하지 않아도 될 것 같소!"

그날 밤, 아이들은 잠이 들고 임신한 부인은 덕열의 곁에서 자리를 펴고 앉아 있었다. 덕열이 잠들기를 기다려 곁에서 누우려고 하였다.

동이 트는 새벽이 되어서 덕열은 눈을 떴는데, 갑자기 몸의 기운이 가라앉으며 일어서다가 그냥 쓰러지고 말았다. 그리고 자리에 눕고 말았다. 부인이 계속해서 간호했지만 소용이 없었다. 점점 박동이 느려지면서 덕열은 부인의 손을 꼭 잡고 눈을 감았다.

참으로 하늘도 무심하였다. 부인은 덕열의 머리를 끌어안고 하염없이 눈물을 줄줄 흘리었다.

#17

적막 속에 갇힌 여인

부인은 많은 문상객을 받아들였다. 주위에 크게 상의할 사람이 없다 보니 혼자서 모든 결정을 내려야 했다. 슬픈 마음을 억누르며 가다듬고 모든 장례 일에 절차를 세우다 보니 심신이 많이 지쳐 있었다. 그러던 중에 뜻밖에 오라버니와 동생이 와 주어서 위안을 주니 그나마 진정이 되었다.

장례 절차를 논의하고 묘를 세우는 일을 할 때, 부인이 사성에게 말하였다.

"너의 아버지 곁에 예전의 부인을 모셔 와 함께 묘를 하기로 하였다. 그러니 너는 다른 말을 하지 말거라!"

그러자 사성이가 답하였다.

"저는 아버지와 함께 묻히는 분이 누구신지 잘 모르옵니다. 그런데 어머니께서 마음이 편하시다면 저는 좋습니다."

"그래! 너는 나중에 이것을 생각해 보아라. 나는 지금 내가 그러고 싶고, 이 일을 내가 정했으니 더 이상 나에게 묻지를 말거라."

이에 사성이가 여쭈었다.

"그럼 어머니께서는 어떻게 되는 것입니까?"

그러자 부인이 스스로의 마음을 닫고는 표정을 감추며 말했다.

"그것은 앞으로 일이다. 별걱정을 다하는구나! 난 너희들 같은 자식이 있으니 외롭지가 않다."

"그런데 그분은 누구입니까?"

"네가 태어나기 전에 돌아가신 전 부인이시란다. 물론 나도 한 번도 본 적이 없는 부인이시다. 나는 내가 결혼 전에 너의 아버지만 남원에서 한 번 본 적이 있었다. 그때는 아주 젊은 분이셨고 기백 있고 늠름한 모습이셨지. 하여튼 아버지의 옛날 부인이시다. 자식도 없이 먼 곳에 묻혀 있으니 외롭지 않겠느냐? 그러니 함께해 주는 것이 도리이고 올바르고 합당하다. 네가 받아 주니 더할 나위 없이 좋구나."

조문객이 점차로 줄어들고 있었다. '광악'이 바쁜 틈을 내어 조문을 다녀갔었는데, 그 후에 명나라에 투항한 '항왜'를 죽여서 곤혹을 당하고 있는 '한음'이 늦은 시각 인적이 뜸할 때에 조문을 하러 왔다. 예를 다하고 함께 앉은 자리에서 매우 애도를 표하며 부인에게 위안을 주었다.

"제가 그렇게 빨리 덕열 종숙어른께서 돌아가실 줄 몰랐습니다. 작년에 서로가 접반사로 나가면서 만나서 뵈었지만 그때만 해도 건강하셨고, 얼마 전에도 함께 이야기를 나눈 적이 있는데 참 마음이 아프고 힘드시겠습니다. 점차 어려움을 극복하시어 커 나가야 할

아이들을 생각하시고, 앞날을 위해 마음을 든든히 해 주십시오."

하루하루 부인은 정성껏 예를 다하였다. 그리고 큰아들 사성이와 몸이 불편한 양아들 사악이 상주가 되어서 조문객을 받아들이고 있으니 다행이었다. 부인은 언제나 단아한 검정치마를 입고 마음을 가다듬고 문상객을 정중히 받아들였다. 임신을 하였어도 배가 많이 불러오지 않아 다행이었다. 점차로 문상객이 줄어들자, 부인은 겨우 견디고 있는 사악을 집으로 돌려보냈다.

한동안 날들이 많이 지나갔다. 그런데 저녁이 돌아오면 마음이 황망하며 갈피를 잡을 수가 없어 제대로 잠들 수 없었다. 배 속의 아이를 생각하면 마음을 가다듬고 진정한 휴식을 해야 하는데 그렇지 못하였다. 어린아이들도 많이 걱정이 되었다. 당분간 유모가 돌봐 주고 있긴 하지만 마음이 안정이 될 수 없었다.

예전에는 밤이 되면 피곤하여 일찍 잤는데, 자리에서 일어나 밖을 보니 달빛이 흐르고 고요한데 혼자 있으니 적막하기만 하였다. 절망감에 휩싸이기도 하고 눈물이 나올 것 같았다. 부인은 아이들 방으로 가 보았다. 아이들 셋이 구석으로 치우쳐 몸을 돌돌 감고 잠을 자고 있었다. 아이들은 아직 그녀의 손길을 기다리고 있었다. 그것을 보자 슬픈 마음이 생겨 한숨으로 나왔다.

'내가 이러면 안 되는데!'

하지만 몸이 잘 움직이지 않았다.

계속해서 하루하루가 지나갔다. 그런데 어느 날 밤은 배가 불러

오고 몸이 부자연스러워서 잠을 뒤척이다 나가 보니, 사성이가 아직 잠들어 있는 아기 동생 사헌이를 보자기에 말아서 안고 나와서는 마룻바닥에 바싹 웅크리고 덜덜 떨고만 있었다.

알고 보니 유모가 갑자기 일찍 가게 되면서 사성이에게 아기를 잘 봐주라고 부탁했지만, 사성이가 머리가 많이 아파 잠을 이루지 못한 것이었다. 애기인 사헌이가 항상 같이 붙어서 잠을 자야 하는데 사성이가 없으면 깰까 봐 데리고 나온 것이다. 부인이 놀라 물었다.

"사성아! 너 머리가 더 많이 아프냐?"

그러면서 아기를 받아 안고서 사성이의 머리에 손을 얹어 보았다. 열이 뜨겁게 나고 있었다.

"사성아! 머리가 더 아프면 어머니 방으로 와서 말을 해야지, 아기를 안고 그렇게 나와 있니? 빨리 어머니 방으로 들어가자!"

부인이 사성이와 아기를 데리고 들어가서 눕힌 다음, 나가서 시원한 물을 떠 와서 사성이에게 마시게 하였다. 그리고 수건에 물을 적셔 머리에 올려놓고 말했다.

"사성아, 지금 보니 네가 다 컸구나! 네 모습을 보고 이 어머니는 많이 기뻤어! 겉모습만 잘 큰 줄 알았는데 너의 행동도 돌아가신 아버지와 많이 닮았다. 넌 착한 그대로이다. 그래! 뭣이든지 혼자서 앓으며 있지 말고 이 어머니에게 상의를 해라."

부인은 가슴이 벅차올랐다.

"어머니! 전 어머니가 너무 좋아요. 그리고 어머니께서 지금 마음과 몸이 너무 힘드시는 것을 견딜 수가 없습니다. 제가 어머니를 도와드리지 못한 것이 항상 죄송스럽습니다. 어머니께서 잠에 드시는 것을 깨우고 싶지 않았을 뿐입니다."

그러자 부인은 마음이 감개하여 사성의 머리를 쓰다듬었다.

"그래! 빨리 머리 아픈 것이 나아야지. 내일 의원을 불러 보자."

더 이상 조문객도 오지 않고 오로지 하루하루가 지나가는 것이 착잡하기도 하고, 아이가 태어나는 날을 기다리니 조바심이 나고 염려스러웠다. 날씨가 점점 차가워지며 바람이 소스라치게 불어오자 가슴이 꽉 메었다.

어두운 밤 잠 못 이루고 지새우다 촛불을 켜고 하염없이 바라보았다. 그렇게 갑자기 떠나시니 함께한 날들이 아쉽고, 안타까운 마음에 모습을 그려 보다가 뺨에 눈물이 주르륵 흘러내렸다. 가슴속에 그리움을 새겨 두고서 잊으려고 하지를 못하니 떠나가신 임이 야속하게만 여겨졌다.

창가에 요란한 풀벌레 소리를 듣다가 혼미해지며 새벽에 잠이 잠깐 들었는데, 대문 밖에 누군가 서 있는 것을 보았다. 사성 아버지의 목소리가 들려왔다. 부인은 기쁨에 심장이 마구 뛰었다. 그래서 겉옷을 입고 나가서 눈에 보이는 것 같아 가슴 졸이며 대문을 열어 보았다. 그러나 아무리 둘러보아도 그곳엔 아무도 없었다.

허전한 마음에 사성 아버지의 모습을 다시 떠올리자, 부인은 갑자기 눈물이 핑 돌았다. 보고 싶은 마음이 북받쳐 올라오니 견딜 수가 없었다. 눈가에 눈물을 닦으며 덕열이 세상을 떠나기 전에 남긴 말을 떠올렸다. 슬픔에 더 이상 머물러서는 안 된다고 생각하였다.

그대로 한동안 서서 주위를 바라보니 적막감만 휩싸였다. 울타리 모퉁이 쪽으로 걸어가 보았다. 옆에서 자란 대추나무에 대추가 제법 주렁주렁 열려 있었다. 익어 가는 모습이 부인을 바라보고 웃고 있는 것 같았다. 마치 그녀의 손길을 기다리는 것처럼 보였다.

"잠이 안 올 때는 대추를 달여서 먹는다는 말이 있다는데….”

부인은 대추를 따서 입에 갖다 대어 보았다. 맛이 제법 향긋하였다. 부인은 익은 대추를 따기 시작했다. 그리고 말려서 차를 마시기로 하였다.

그 후부터 부인은 차를 마시며 점점 잠에 잘 들었다. 그리고 점차로 날이 지나감에 따라 여시종을 불러 몸이 불편하여 움직임이 어렵다고 말하고는 함께 잠을 자기로 하였다.

#18
새로운 마음의 전향

1599년 11월, 아이가 태어났다. 딸이었다. 덕열이 부인을 닮은 딸이 있으면 좋겠다고 했는데, 부인은 오히려 심성이 아버지를 닮은 딸이 있으면 하고 바라다가 딸아이가 태어난 것이다. 부인은 기쁨으로 가득 차서 감격의 눈물을 흘렸다.

"사성이 아버지가 조금만 더 오래 사시다가 돌아가셨다면 얼마나 기뻐하셨을까? 그러면 딸아이 이름도 지어 주고 지금 많은 행복을 느꼈을 텐데!"

부인의 마음은 안타까움으로 가득 찼다. 부인은 생전 덕열의 얼굴을 떠올려 보다가,

"정말 너무 야속하신 분이시다!"

하면서 마음이 서러워졌다. 한편으로 이 아이를 어떻게 보살피고 키울까 하는 생각으로 가득 찼다. 딸아이 이름을 어떻게 지을까를 이리저리 생각해 보다가 덕열의 자(字)가 '득지'이니 '지'자를 넣고 자신의 이름 가운데 '수'자를 넣으니 '지수'가 되어 '이지수'라고 지었

다. 그녀는 애틋한 딸아이를 쳐다보고 보살피면서 하루가 바삐 지나갔다.

그런데 삼년상을 거의 마쳐 갈 즈음, 한 가지 소식을 듣고 마음이 착잡해졌다. 가끔 심부름을 받고 남원에 내려갔다 오는 일정이가 알리기를, 집을 돌보는 사람이 갑자기 세상을 떠났으니 맡길 사람을 새로 찾아야 하는데 마땅한 사람이 없다는 것이었다. 부인은 날이 갈수록 그곳의 상황이 어떤지도 궁금하였다.

한양은 민심이 흉흉하고 저작거리에 거지들과 부랑배가 돌아다니고, 아직도 전쟁의 복구가 되지 않아서 피폐되고 흉물스러웠다. 이를 보고 자라는 아이들에게 좋아 보이지가 않으니, 전원이 시원하고 풍광도 좋고, 덕열이 정들었던 남원 주포로 내려가려고 생각하였다. 하지만 그곳이나 지금 이곳이나 넉넉한 살림살이가 되지 못하니 걱정이 되었다.

그런데 어느 날, 일이 벌여졌다. 3년의 예를 끝나고 사악이 사성에게 말을 타는 것을 가르치다가 자신이 예전에 사산감역으로 일했던 곳으로 데리고 구경을 갔다. 그곳은 사악이 당시에 경치가 좋아 가끔 가고 쉬면서 정이 많이 들었던 곳이었다.

그런데 말에서 내려서 가까이 가서 보니 일꾼 두 명이 커다란 둥치의 나무들을 자르고 넘어뜨리고 있는 게 아닌가? 이곳의 나무는 베어서는 안 되는 것으로 알고 있고, 왜군이 쳐들어와서 전쟁에 산의 일부가 불에 타서 볼품이 없어졌음에도 나무를 보호하기는커녕

우람한 나무를 베고 있는 모습에 화가 난 사악이 물었다.

"왜 나무를 베느냐?"

"누구기에 우리가 나무를 자르든 무슨 상관이냐?"

그러면서 빨리 멀리 가라고 하였다. 그래서 허가를 받은 것이냐고 물었더니, 지금 이런 세상에 나무 좀 베는 데 무슨 허가냐 하며 콧방귀를 뀌며 비웃으며 핀잔을 주었다. 그래서 사악이 참지 못해 나무를 베어서는 안 된다고 하며 일꾼의 손을 잡고 도끼를 뺏으려고 하다가 한바탕 싸움이 벌어졌다.

일꾼이 사악을 밀어제치자, 이를 보던 사성이 사악을 일으키며 당신들은 나쁜 사람이라고 했더니 사성도 밀어 넘어뜨렸다. 나이가 많은 사악이 다치고 사성이도 넘어져서 다치고 말았다. 그러자 멀리서 나졸이 와서 싸움을 말렸다.

왜 나무를 자르도록 내버려 두냐는 사악의 물음에, 나졸은 알아서 할 테니 내버려 두라고 답했다. 일꾼에 동조하고 묵인한 것이다. 그런데 그렇게 말하는 나졸의 입에서 술 냄새가 났다. 대낮에 술을 마시다니, 아마도 술을 얻어먹고 나무를 베는 것을 눈감아 주는 것 같았다.

언덕을 넘어오는데 멀리서 나졸들이 술판이 벌어져 서로들 히득거리며 떠들고 있었다. 한심하기 짝이 없어 보였다. 산을 보호하고 감독하는 자들이 저렇게 무도하니 앞날이 걱정되었다.

집으로 돌아온 사악과 사성을 본 부인은 많이 놀랐다. 부인은 팔과 다리의 상처를 싸매 주고 어떻게 된 일이냐고 물었다. 일어난 일을 이야기하자, 부인이 놀라움을 짐짓 누르며 말했다.

"큰일 날 뻔하였다. 불의를 보면 항의를 해야 하지만, 법도를 지켜서 처리를 하는 것도 중요하니 성급하게 나서는 것을 참아야 하는 것이 필요하다."

그러면서 부인은 마음속으로 한양에서는 아이들의 가르침에 도움이 될 만한 것이 없다는 생각을 하였다.

#19
물푸레야! 물푸레야!

　부인은 한양에서 남원 주포장의 옛집으로 아이들을 데리고 내려와서 살림의 터를 잡았다. 집 안을 수리하고 정리하며 일꾼과 농사일을 준비하였다. 여름날이 되니 아침 일찍 나가서 많이 자란 풀을 뽑고 논두렁을 살폈다. 날씨가 더워지자 사영이가 사성 형에게,

　"우리 산 넘어 냇가에 가서 모욕도 하고, 그곳에 물고기가 많이 있다는데 잡으러 가요!"

　그러자 어린 막냇동생 사헌이가 부추겼다.

　"형님들! 저도 가고 따라 싶어요."

　그래서 삼 형제가 고개를 넘어서 골짜기를 타고 내려가니, 멀리서 물소리가 시원스럽게 들려왔다. 아주 쾌청한 시냇물 소리였다. 물가에서 바위에 옷을 걸쳐 놓고 한바탕 목욕을 하니 몸과 마음이 날아갈 듯 홀가분해졌다. 사성이 동생들에게 외쳤다.

　"우리 저쪽으로 내려가면 깊지 않은 것 같으니 그곳에서 물고기를 잡자!"

모두 그곳으로 갔다. 삼베를 펼쳐서 좁은 물길의 한쪽을 막고, 위쪽 물에서 고기를 몰아 삼베 쪽으로 향하게 했는데, 고기들이 빠져나가서 많이 잡히지 않았다. 여러 번 했으나 별로 신통치가 않았다. 그래서 결국 잡은 조그만 몇 마리 물고기를 놓아주고 빈 물통으로 돌아왔다. 어머니에게 다녀온 이야기를 하니,

"그래! 물고기는 얼마나 잡았느냐?"

하고 물었다.

"조금 잡았는데 도로 놓아주었습니다."

"그래도 놓아주는 것은 잘했다. 하지만 왜 그렇게 못 잡은 것이냐?"

사성이 말을 잇지 못하자, 어머니가 말씀하셨다.

"그래! 잡는 방법이 서툴러서 그런 것 같다. 내일 나하고 다시 한 번 가자."

"어머니께서 그곳에 가신다는 말씀입니까?"

"그렇다. 나도 그곳에 가서 보아야겠다."

다음 날 부인은 아이를 맡기고 일꾼을 데리고 괭이와 삽, 칼, 바구니, 삼베 천을 챙겨서 함께 갔다. 그곳에 물 흐름을 살펴본 부인은 주위에 좁고 잔잔한 곳을 택하여 말했다.

"저쪽을 막아라! 그리고 이쪽 물이 올라가면서 아래로 흐르게 하라."

그리고 그곳에 삼베 천을 쳐서 막아 놓았다. 물이 점점 고이기 시작하자, 칼로 기슭에 자란 나무의 가지를 자르게 하더니 찧어서

물속에 뿌리도록 하였다. 또 다른 곳으로 찾아가서 설익은 나무 열매를 보고, 많이 따서 찧어 뿌리라고 하였다. 그러자 물의 색이 푸르게 변하면서 고기들이 여기저기 계속 떠오르며 움직이기 시작하였다. 고기가 달아나기 전에 빨리 담으라고 하니 가득하였다. 다른 쪽으로 건너가서 적합한 곳을 찾으며 다시 또 반복하니 많이 잡혔다.

여름 하루가 시간 가는 줄 모르고 고기를 잡다가 돌아와서, 푸짐하게 끓이고 요리를 하여 집안사람들이 나누어 먹으니 모두들 즐거워하였다. 저녁을 마치고 사성이 어머니 방으로 와서 말했다.

"어머니! 오늘 정말 저에게 재미있고 참 좋은 날이었습니다. 그런데 오늘 찾아낸 푸른색이 나오는 그 나무 이름이 무엇이며, 어떻게 쓰임새를 알고 계셨습니까?"

"나도 어릴 때에 오라버니를 따라가서 여러 번 물고기 잡는 것을 본 적이 있단다. 주변에 냇가가 있고 물이 좋아서 구경을 가고 싶다고 말하니, 너의 외삼촌이 가끔 나를 데리고 갔다. 그때 잡는 방법을 알았고 나무도 가져와서 보았다. 그것은 '물푸레나무'라 하여 색을 내주어 알아보기 쉽고, 다른 나무의 열매를 찧은 것이 고기를 많이 잡은 것이다."

어느 날, 사성이 나가서 물푸레나무를 꺾어서 가져왔다. 어머니께 확인하며 보여 드리고, 나무를 좋아하면서 관심을 많이 보였다. 그러자 부인이 말했다.

"사성아! 내가 한 가지 더 알려 줄 것이 있다. 너의 외조부님이 하시곤 했는데, 이 나무를 진하게 끓여서 먹물을 만들면 글을 쓸 때 종이에 글씨가 오래되어도 변하지 않는단다. 그러니 너도 아끼는 글귀가 있으면 그렇게 해 보아라!"

"예! 어머니, 알겠습니다. 제가 그렇게 해 보겠습니다."

그 후 사성은 글씨를 쓸 때 물푸레나무의 물로 먹을 갈아 사용하고 열심히 공부를 하였다.

그런데 다음 해 1604년, 갑작스런 슬픈 소식이 들려왔다. 한양에서 사악이 죽었다며 뒤늦게 소식을 알리고, 장례를 이미 치르고 근처 산 아래에 묘를 했다는 것이었다. 부인과 사성은 놀라서 곧바로 한양의 집으로 갔다.

사악의 친형인 '광악'이 왔다 가며 임시 묘를 썼는데, 장차 누가 이곳을 찾아올 것인가 하면서 나중에 와서 묘를 태어난 곳으로 옮겨 간다고 하였다. 부인과 사성이 함께 올라왔을 때, 사악의 처는 눈물을 흘리며 말하기를, 친정에 다녀왔는데 이미 세상을 떠나셨다고 말하고, 자식도 없고 하니 자신은 고향으로 내려가겠다고 하였다. 한 달 전만 해도 연락을 주고받았는데 정말 애석한 일이 되었다.

사성은 사악 형님과 많이 친근하니 비애감에 어찌할 줄을 몰랐다. 상례가 끝나고 부인은 많은 고심을 하였다. 그동안 사악이 살아왔던 종갓집이 이제는 비어 이어 나갈 사람이 없으니, 덕열의 고향 산천에서 다시 한양으로 돌아오기로 하였다.

 # 20

한양 종갓집에서

한양의 종갓집으로 다시 온 가족은 집 안팎을 정리하고 예전부터 가꾸어 온 텃밭을 일구며 생활을 했으나 양식이 턱없이 부족하고, 더군다나 녹봉도 없이 생활을 한 지가 오래되었기 때문에 어떻게든 넉넉하지 못한 살림살이를 꾸려 나가면서 적응을 해야 했다.

갑자기 남원 주포에서 올라와서 겨우 생활의 터전을 가꾸게 되었으니 많은 시일이 걸렸다. 집안일을 돕는 일꾼도 줄어서 겨우 두 명뿐이라 바쁠 때는 온 가족이 나가서 일을 해야 했다. 이제 사성은 많이 커서 어른이 되어 가니 일손이 필요한 곳으로 나가서 일도 해 주고, 때로는 품삯을 받아 오기도 하였다. 그렇지만 공부하는 것을 게을리하지는 않았다.

한 해가 지나서 다시 여름이 되었다. 하루는 오후에 식구들이 농사일을 하고 돌아와서 쉬고 있는데 한 나이가 들어 보이는 사람이 어린아이를 데리고 찾아와서 마님을 뵙겠다며 간청을 하였다. 그래서 부인과 식구들이 나가서 보았는데 그 사람은 부인을 알아보고 마당에서 큰절을 올렸다.

"누구신데 무슨 일입니까?"

부인이 놀라 물으며 안으로 들어와서 앉으라고 하였다. 그자가 말하기를,

"옛날 이준경 대감께서 살아 계실 때에 집에서 일했던 하인 '피씨'라고 있었습니다. 그때에는 '피서방'이라고 불렀다고 하였습니다. 저는 그 '피서방' 사위의 아들이고 이 아이는 저의 아들입니다."

그러자 부인이 다시 물었다.

"아! 그렇습니까. 나도 그 말을 들은 적은 있지만 어떤 일로 오게 되었습니까?"

그러자 그들은 다시 고개를 숙여 인사를 드리며, 지난날의 이야기를 들려주었다.

"저희가 일찍 찾아뵈었어야 하는데 저의 아버님이 돌아가신 후에 오게 되어서 면목이 없고 마님께 송구합니다. 동고 이준경 대감께서 궁중에 다녀오시다가 길거리에 누워 지내며 동냥으로 빌어먹는 저의 아버님을 발견하고 대감댁으로 데려오셨습니다. 그리고 보살펴 주시고 대감댁에서 일을 시켰습니다. 그리고 하인 피서방의 딸과 결혼을 하도록 했습니다.

대감께서 세상을 떠나실 때 안방마님께 피서방의 사위가 집을 나가게 되면 내버려 두라고 하시며 원하는 대로 해 주라고 유언을 당부하셨습니다. 그 후에 피서방의 사위인 저의 아버님이 집을 나가셨는데, 한참 뒤에 돌아와서 안방마님께 청하여 주신 돈과 살림살

이를 받고, 저의 외조부가 되시는 피서방과 딸인 저의 어머니 모두를 다시 데리고 산속 조그마한 부락에 정착하였습니다. 저는 그곳에서 태어났습니다.

그런데 우리는 나라에 왜군이 쳐들어온 줄도 전혀 모르고 한세월을 감쪽같이 그곳에서 편안히 지냈습니다. 저희 아버님이 세상을 떠나시기 전에 여러 번 그 말씀을 하시고, 너무 고맙고 감사하신 분이니 꼭 동고 대감 집에 가서 찾아뵙고 은혜를 갚으라고 하여 이렇게 왔습니다."

그러고는 가져온 송이버섯 두 자루를 부인에게 드렸다.

"이것은 저희 고을에서 캔 것입니다. 보탬이 되었으면 합니다만 너무 부족합니다. 그러니 저희가 여기서 일을 하였으면 합니다. 괜찮으시다면 저희가 바쁜 농사철이니 일손이 되어서 당분간 도와드리고 싶습니다."

부인은 그렇게까지 할 필요가 없다고 말하였으나, 기꺼이 해 드리고 싶다고 하여서 승낙을 하였다. 그래서 그들은 한동안 농사철에 일손을 도왔다.

며칠이 지나서 농사일을 함께하고 밤에 모닥불을 피고 모두 멍석을 깔고 둘러앉았다. 그러자 부인은 참외를 가져다주며, 오늘 일을 많이 하고 힘들었으니 일찍 들어가서 쉬라고 하며 들어갔다. 참외를 먹으며 사성이 물었다.

"혹시 옛날에 저의 할아버지에 대한 이야기를 들은 것이 있습니까?"

"예! 돌아가신 저의 아버님이 동고 대감님의 이야기를 해 주신 게 있습니다. 피서방인 저의 외조부는 젊었을 때부터 동고 대감님 댁에 들어와서 집안일을 하면서 모시고 지냈는데 대감님께서 많이 특이하신 분이셨다고 말씀을 하셨습니다. 어쩌다가 저에게 그 당시 주위에서 들었던 이런저런 이야기를 해 주셨습니다.

동고 대감님은 참선을 많이 하신 분으로 세상에 알려졌습니다. 그런데 동고 대감께서 속리산으로 귀양을 가셨습니다. 셋째 아들인 덕열 서방님이 귀양을 가시는 아버님의 뒤를 따라가셨습니다. 덕열 서방님이 가끔 아버님 계신 곳을 허가를 받아 드나들었다고 합니다.

그런데 하루는 해가 뜬 지 오래되어 아침에 동고 대감께서 계시는 유배 장소에 도착하였는데, 집 안에 아무런 기척 소리도 없고 너무나 이상해서 방문을 열어 보니 동고 대감께서 눈을 감고 앉아 계셨는데 마치 바위처럼 굳어서 딴사람처럼 보였다고 하였습니다. 그래서 조용히 문을 닫고 대낮까지 기다렸는데 그때서야 나오셨다고 합니다.

그래서 아버님 건강이 어떠신가 여쭈고자 하였는데, 서 있는 모습을 보니 강령하신 분처럼 이상하게 보였다고 하였습니다. 그런데 부엌에 들어가서 식사거리를 확인하니 아무것도 드시지 않은 것 같아서 '아버님, 식찬을 드셨습니까?' 하니 '난 괜찮다. 그리고 다음에는 여기에 오지 말거라!' 하셨답니다. 그런데 언젠가부터 소문이 퍼졌는데 속리산의 무당들이 동고 대감에게 꼼짝 못하고 떠났다고 하였습니다. 그곳에 돌아다니는 흉측한 요괴의 기운을 대감께서 내치셔서 신성한 속리산을 만드셨다는 이야기가 지금까지도 흘러나오고 있습니다."

이 말에 사성과 사영, 사헌 삼 형제는 모두 솔깃하였다. 그중에서 관심이 많은 사성이 할아버지의 기이한 모습을 떠올리며 말했다.

"참 이상한 일이네요! 할아버지께서 그때 그곳에 계시면서 무엇을 하셨던 것이 분명합니다."

그러면서 참선을 하는 것에 매우 흥미가 있어 보였다.

여름이 끝나 갈 무렵, 피서방 사위의 아들은 종갓집을 떠났다. 그러면서 부인께 동고 대감님의 묘소에 갈 수 있으면 좋겠다고 말씀드렸다. 그래서 산과 묘소의 위치를 알려 주었다. 그 후에 사성이 어머니께 추석명절이 다가오는데 할아버지와 아버지 형제 묘소에 벌초를 다녀오겠다고 하였다.

사성이 말을 타고 가서 보았는데, 벌써 할아버지 쪽에서부터 묘들 주위에 풀들이 잘 깎여 있었다. 돌아와서 이것을 어머니께 말씀드리니 아마도 그 사람이 며칠 전 다녀간 것 같다고 하셨다. 어머니께서 사성에게 작년에는 너 혼자서 산소에 다녀왔으니, 올해는 식구들이 모두 함께 가자고 하셨다.

추석을 보내고 다음 날 돗자리와 제수음식, 술을 준비하고 아침 일찍 서둘러 양평 양근으로 출발하였다. 묘소가 있는 전면에 들어서서 부인이 네 번 절을 올리니 아들들은 따라서 두 번 절을 드렸다. 아버지의 묘소로 갔는데 사성은 사악 형님에게서 일찍이 성묘하는 것을 잘 배웠으니, 제주가 되어 준비한 대로 사영과 사헌에게 알려 주면 따라서 잘하였다.

그런데 부인은 더 이상 지키지 못하고 그 자리에서 나와 버렸다. 갑자기 마구 가슴이 북받치고 감추었던 뜨거운 눈물이 나와서 자리에 있을 수가 없었기 때문이다. 아픔을 숨기지 못하고 계속 눈물이 나오니, 돌아서서 멀리 떨어지고 가까이 갈 수가 없었다.

그동안 마음을 닫고서 잊고 지내고자 하였지만, 오늘만큼은 도저히 눈물을 참을 수가 없었다. 먼 산을 바라보며 가다듬고 사성 아버지의 모습을 떠올려 보니 애달프기만 하였다. 가슴에 묻어 둔 하고픈 말들도 많았는데 이제는 소용이 없으니 야속하고 안타까웠다. 다시 먼 곳을 바라보며 아픈 가슴을 달래고 겨우 진정을 하는데, 어린 딸 지수가 뛰어와서 물었다.

"어머니께서는 왜 거기에 서 계셔요?"

부인은 뜨거운 눈시울로 지수를 껴안았다. 아버지를 모르고 자라온 지수가 측은해 보였다.

"지수야, 넌 아버지의 모습이 어떠하신지 모르는구나! 엄마가 너의 마음을 아프게 하고 미안하구나! 우리 지수는 나중에 커서 좋은 사람을 만나야 하는데…. 지수야! 저기에 너의 오라버니들이 어떻게 하는지 잘 보아 두어라. 너는 딸이니 집에서 배웠던 대로 다르게 절을 해야 한다. 예법도 다르니 오라버니에게 가서 잘 물어보거라."

그러자 지수가 끄덕이며 똘망똘망한 눈으로 대답했다.

"예! 하며 저도 가서 따라서 절을 하겠습니다."

아이들의 할아버지와 아버지 형제들 묘에 순서를 마치고 나서, 자리에 모여 앉아 음복을 할 때 부인은 가슴속의 감추어진 설움이 아직도 가라앉지 않으니 아들에게 이렇게 말했다.

"나는 다음부터는 이곳으로 오지 않을 것이다. 너희들이 서로 상의를 하며 잘 알아서 하였으면 한다."

그러자 사성이 대답했다.

"예! 그렇게 하겠습니다. 어머니께서 많이 힘드시니 저희도 염려가 됩니다. 앞으로 저희들이 잘하여 올 것입니다."

"오늘 이렇게 왔으니 할아버님 신도비가 있는 곳을 둘러보고 가자."

사영과 사헌이 물었다.

"신도비는 어디에 있습니까?"

"사성 형님이 알고 있으니, 따라가면 알 것이다."

하여 모두들 멀리 떨어져 있는 그곳으로 갔는데, 아직도 파괴되어 묻혀 있고 신도비 갓 부분만이 위로 나와 있었다. 부인이 사성을 향해 말했다.

"임진왜란 때 왜적이 저렇게 부수어 놓았다. 그러니 다시 복구를 해야 하지 않겠느냐?"

"예! 예전부터 사악 형님과 와서 보고 울화가 치밀었습니다. 사악 형님도 마음이 안타까워 큰집과 상의를 하겠다고 하였습니다."

이에 부인은 자식들을 향해,

"예전에는 너희들 나이가 어리고 사악 형님이 묘소를 잘 관리하
여 왔는데, 이제 세상에 없으니 한양으로 돌아온 너희들이 해야 하
지 않겠느냐?"

라고 말하였다.

#21
가느다란 한판

　부고가 전하여 왔는데 '사수' 형님 댁에서 큰아들 '이필형'의 장례라고 하였다. 사성은 자세히 알 수가 없어 어머니께 말씀을 드리니, 어머니가 되물었다.

　"너의 아버지께서 돌아가실 때 조문을 오셔서 만나 뵙지 않았더냐?"

　사성이 잘 몰라 하자, 설명해 주었다.

　"네가 그때에는 너무 어리고 상중이라 기억을 못하겠구나! 사수 형님은 너의 큰아버지께 아들로 입적하여 지내신 지가 오래되셨고 연세가 아주 많으신 분이시다."

　"그러면 떠나신 분이 그 형님의 아드님이십니까?"

　사성의 물음에 어머니는 그렇다고 답하였다.

　"내가 예전에 만난 적이 있는 '이필행'의 큰형님이 되시겠군요!"

　"어떻게 만나서 아느냐?"

　"오래전에 글방에서 나오다가 만나서 여러 이야기를 하고 인사를 나누니 하는 말이 '아주 옛적에 내가 사악 형님을 따라서 왔고 그때 만난 것을 기억한다.' 하였습니다. 내가 전쟁 중에 한양으로 왔을 때의 일이라고 하였지만 나는 기억을 못합니다."

"그래! 그런 적이 있었구나!"

"예! 사악 형님이 그때 나이를 물어보며 필행이 나보다 두 살 많다고 하였답니다."

"그래, 그러하더냐. 그러면 너는 앞으로 필행을 만나면 조카님이라고 불러 드려라. 연화방에 가까운 거리지만 그동안 어려움 속에서 왕래를 못하였으니 송구한 마음으로 공손하게 예의를 갖추어서 조문을 다녀오거라!"

사성이 문상에 들어갔는데, 굉장히 붐비었다. 상례를 다하고 나니 사수 형님이 부르셨다. 그래서 다시 인사를 드리니 안색에 마음이 몹시 상하시고 아프게 보이셨다.

"사성이가 벌써 많이 컸구나! 그런데 상중에서 만나니 내 할 말을 다할 수 없다. 그러니 한 달이 지나서 내 집으로 찾아오거라."

사성이 필행 조카님은 어디에 있는지 묻자, 사수 형님이 필행을 아느냐고 물었다.

"예! 얼마 전에 만나고 이야기를 나누었습니다."

"그러냐? 그런데 지금 필행을 찾지 않는 것이 좋겠다. 너무나 슬프고 마음이 상해 몸이 안 좋아져 병색이 깊어 일어나지를 못하고 누워 있으니 큰일이 났구나! 그러니 나중에 한가할 때 만나는 것이 좋겠다."

사성이 집에 돌아와서 어머니께 그것을 말씀드리니,

"내가 사수의 심정을 알겠다. 얼마나 마음이 상하겠느냐? 내가 너의 동생을 임란 중에 잃었다. 그때에 내 마음을 차마 말할 수가 없구나! 그런데 너는 처음에 필행과 어떤 이야기를 나누었느냐?"

"네, 소학 이야기를 나누었는데 필행 조카님은 아주 단정하고 절조가 깊고 학문에 대한 의지가 매우 굳세었습니다. 그래서 내가 칭찬을 해 주니 과분하다는 표정을 지으면서 겸허하게 말하기를, 자신은 한양으로 다시 올라와 진사초시에 응시한 '윤선도'라는 사람과 아주 절친한데 소학 이야기를 많이 나누고 있으며, 윤선도는 자신보다 소학을 더 높이 신봉하며 심리가 더 높다고 말하였습니다. 그래서 '어찌하여 그리합니까?' 하고 물었더니, 필행 조카님이 비중을 이야기했습니다.

윤공(윤선도)이 말하기를, 소학이 금서로 되어 왔지만 책을 접하고 읽으면서 마음에 닿고 그 이치가 세상의 삶을 참으로 올바르게 해 준다고 말하였답니다. 그런데 왜 금서로 했느냐에 대해서 의견을 나누었는데, 윤공은 소학의 이상을 더욱 높여 주면서 금서를 한 것은 말할 나위 없이 아주 못마땅하다고 했고, 필행 조카님은 소학이 금서로 된 연유를 궁금히 여겨 오다가 지금은 어느 정도 금서를 인정하지만, 나라에서 그렇게 정하는 것은 잘못된 것이라고 윤공에게 말을 해 놓고 보니, 윤공이 소학을 더욱 신봉하는 사람이 되었다고 했습니다. 그런데 저의 생각으로는 약간의 차이가 있지만 대동소이해 보였습니다."

어머니가 사성의 말을 듣고 나서 사성에게 물었다.

"두 사람 말이 모두 맞다! 그러니 우길 것이 없구나. 소학이 없으면 우리 조선 사람의 삶에 근본이 없어지는 것이다. 너는 어떻게 생각하느냐?"

"예! 저도 그러합니다. 그런데 제가 읽어 보았을 때 조금 어색한 것이 있습니다."

"그것이 무엇이더냐?"

"저는 전쟁 중일 때부터 바깥세상을 많이 보아 왔습니다. 어려운 가족들이 모여서 식사를 하고 이웃 사람들도 함께 있었습니다. 남녀가 구분될 수 없었습니다. 우리 가족도 함께 모이고 자주 식사를 하지만, 서로 다른 집 가족들도 남녀가 모여서 일하고 식사를 같이 합니다. 그런데 남녀를 부동석이라고 했으니 받아들이기가 어렵습니다. 또 어렵고 불쌍한 사람을 보면 도와야 하는데, 그런 구절이 미약합니다."

"너의 소학에 대한 심정을 내가 알겠다. 너의 생각이 올바르다. 그런 것이 미흡하지만 소학의 근본은 변하지 않으니 항상 기준을 삼고 이행을 하도록 하고, 필행과 윤공을 만나면 너의 뜻을 한 번 열거해 보거라."

그러자 사성이 미소를 머금고 답하였다.

"예! 제가 서로 만나면 한판을 해 보겠습니다. 필행 조카님이 윤공과는 죽마고우처럼 여겨진다고 했습니다. 서로가 성품이 맞고 마음이 순수하고, 생각과 뜻을 존중하고 이해를 하니 잘 어울린다고 하였습니다."

그러면서 사성이 조만간 윤공을 만나게 될 것 같다고 말씀드리며 가슴 뿌듯해하니, 어머니가 말씀하셨다.

"그래! 필행과 윤공이 정말 서로 사이좋게 여겨진다. 그런데 내가 마음에 조금 걸리는구나! 너의 외조부님께서 옛적에 말씀하신 것이 기억이 난다. 죽마고우가 어릴 때에 함께 대나무를 타고 놀았다는 것인데 대나무는 속이 비어 있으니 반드시 좋다고는 볼 수 없다. 속이 채워져서 자라야만 알차게 되는데 빈속이니 죽마고우 두 사람이 나중에 헛것이 되었다고 하셨다. 또 대나무는 천천히 자라지 않고 빨리 키가 커서 높은 숲으로 우거져 운치가 좋지만 주위 사정을 알지 못하여 성급하다고 하셨다. 그러니 죽마고우라고 말하는 것보다 '막역지우'가 좋겠다고 말을 하거라!"

한 달이 지나 사성은 사수 형님을 찾아뵈었다. 그런데 필행이 아직 회복 중에 있다고 말씀하시어 방으로 들어가서 위로를 하니 사성을 맞이하고 반가움 속에 고마워하였다. 사성은 필행을 보고나서 건강해지면 그때에 이야기를 하겠다고 미루었다. 사수 형님이 사성에게 물었다.

"덕열 숙부님이 돌아가신 지가 엊그제 같은데 시간이 참 빠르구나! 산소에는 다녀가니?"

"얼마 전에 가족이 모두 다녀왔습니다."

"이제부터는 기일을 정하여 합동으로 묘제를 드리는 것이 좋겠다."

사성이 묘에서 멀리에 놓여 있고 파괴된 신도비를 말씀드리니, 사수 형님이 곰곰이 생각하며

"나도 여러 번 가서 보고 생각을 해 보았다. 돌아가신 동고 할아버지께서 신도비를 세우지 말라고 하시고 묘석도 멀리하라고 하셨는데 임란에 왜적들이 찾아서 마구 부수었다. 그러니 우리가 그 뜻을 어긴 것이다. 그러니 또 해야 되겠냐? 내가 신도비문을 가지고 있으니 더 의견을 많이 모아 보고 두고두고 생각을 해 보자."

하셨다.

#22
정략 없는 새로운 인연

　1607년 늦가을 한양에 있던 '허균'이 이준경 대감의 손자가 한양
에 와서 살고 있다는 소식을 듣고 살피던 중에, 연줄을 놓아서 딸
과 이사성을 혼사시키기로 약조하였다. 허균도 어릴 때부터 점점
자라 오면서 동고 이준경의 참선의 존위를 흠모하였는데, 마침 딸
자식의 혼사를 택하게 되니 상당히 고무적이었다.

　부인은 1608년이 되면 봄에 큰아들 사성의 혼사를 치르기로 하였
다. 그러던 중 갑자기 허균이 겨울에 공주목사로 부임하게 되어 한
양을 떠나가 지내게 되었다. 게다가 연초에 선조 임금이 승하하니,
나라 임금의 상중에 결혼식을 할 수가 없어 미뤄지게 되었다.

　이사성은 평소 참선에 관심을 많이 가지고 있었는데 장인이 될
허균이 참선을 많이 하는 사람이라는 것을 전해 듣고 마음이 솔깃
하였다. 그러나 어머니는 사성이 많이 염려되었다. 맏아들 사성이
결혼을 할 때가 되었으니 혼인을 승낙하였지만, 사돈이 될 허균이
글 솜씨가 뛰어나고 명문가로서 관직을 높이 사고 있어도 방만한

생활과 사고방식이 걸림돌로 여겨졌기 때문이다.

부인은 허균이 너무 지나치게 조선 사회의 신분적인 구조와 이념을 흔들면서 지낸다는 말을 간간히 전하여 듣고 있었다. 하지만 허균의 사상과 이념이 한편으로 올바른가를 생각하며, 추슬러 보고 이해를 하게 되니 마음이 홀가분해졌다.

그래서 이사성은 7월에 혼인을 하게 되었는데, 한 달이 못되어서 허균이 공주목사에서 다시 파직되었으니, 어머니와 사성은 안타까운 심정이었다. 하여튼 사성은 신혼 생활을 시작하였으나 어머니의 말씀을 듣고 서책을 가까이하며 늦은 밤까지 공부를 게을리하지 않았다. 하지만 장인어른이신 허균이 자유분방하니 사성과 부인은 마음이 초조하고 염려하며 지낼 수밖에 없었다.

해가 지나고 사내아이(필진)가 태어나서 모두 기뻐하는 가운데, 사성이 1610년 전시과거에 합격하여 집안이 더욱 경사스럽게 되었다. 그런데 장인어른이신 허균이 과거시험관으로 있으면서 형님의 사위와 아들을 합격시켰다는 데 연루되어 불미스러운 사건이 발생했다. 게다가 탄핵을 받아 유배를 당하니 또다시 근심을 불러일으켜서 한동안의 기쁨도 다시 사라지게 되었다.

하여튼 장인인 허균의 오르락내리락하는 관직 생활과 경황을 알 수 없는 의중으로 염려가 되니, 정부인과 아들 사성 부부는 마음이 안정되지 못하였다. 그러던 중에 정부인은 친정어머니께서 편찮으시다는 전갈을 받고 한양에 가까운 옛집으로 찾아가서 병간호를 해

드렸는데 끝내 숨을 거두었으니 큰 슬픔 속에서 마음이 몹시 혼망하였다.

한때 친정어머니는 큰 오라버니의 파직에서 크게 병환을 얻은 적이 있었다고 하였다. 정부인은 이제야 알게 되니 너무 송구하고 마음이 아팠다. 그런데 선조 임금에게서 오라버니가 다시 관직을 받자 많이 좋아하셨다고 하니, 정부인은 돌아가신 어머님의 심정을 이해하였다.

해가 바뀌어 1611년 겨울, 사성의 외숙에게서 또 소식이 왔다. 친정아버지가 위중하다 하여 정부인은 급히 행장을 하여 말을 타고 사성과 함께 달려갔는데, 도달하기 전에 돌아가셨으니 이어진 슬픔으로 마음을 가눌 수가 없었다. 양주의 산에 묘를 모신 후에 부인은 아버님과 어머님 모두가 세상을 떠나시니 생전에 모습을 떠올려 보며, 어릴 때 가족과 지내면서 하신 말씀이 생각나고, 지나간 세월이 너무 허망하고 애절하였다.

사성이 별제 관직을 받으니 어머니가 말씀하셨다.

"사성아! 앞으로 너는 나라의 관리로서 책임을 갖고 일을 해야 할 때가 올 것이다. 언제나 너를 가로막고 법도에 어긋난 불의가 있어도, 곧바로 내세우지 말고 차분히 검토하고 대처하여라. 성급하게 처리를 하였다가 도리어 큰 낭패가 일어날 수가 있다. 너 자신을 많이 참으면서 다른 사람의 뜻을 겸허하게 받아들인 것도 중요하니, 그렇게 지내면 관직 생활도 더 잘해 나갈 수 있다. 나는 이제 너를 분가시키고 싶다. 네가 살며 지낼 곳을 알아보자."

"예! 명심하겠습니다."

사성은 그렇게 대답은 하였으나 마음속은 혼잡하였다. 장인어른의 분방한 행보에도 어떻게 대처할 수 없는 처지가 되었다. 마음속에서 많은 곤란을 겪으며, 앞날을 예지할 수가 없는 형편이니, 아내와 상의하고 위로하며 심정을 이야기하였다.

한편 사성의 남동생들도 여러 해가 지나면서 남원과 한양으로 연줄을 놓아서 차례로 혼인을 하고 분가를 하니, 이제 정부인은 딸 지수와 함께 지내게 되었다.

 # 23

벼랑 새에 얽힌 운명

1612년 봄, 이사성의 부부는 마주 앉아서 이야기를 나누었다.

"나는 장인어른을 이해할 수가 없습니다. 귀양지 함열에서 풀려나시어 한양으로 오신 지 얼마 안 되어 다시 부안으로 들어가서 은거하며 풍류를 즐기고 지낸다고요? '매창'이라는 기생도 이미 죽었는데도 또 그곳을 가신 것은 알 수가 없는 일입니다. 장인어른께서 도대체 거기서 무엇을 하시는 겁니까?"

그러자 부인이 대답했다.

"나도 잘 모릅니다. 내 아버님은 집안의 식구들이 아무것도 간섭할 수가 없습니다. 예전에 매창과 함께 지낸다는 것을 들었을 때에도 집안의 어느 누구도 못하게 막아설 수가 없었습니다."

"부인은 아버님이 걱정되지 않으십니까? 지금 와서는 장인어른이 어떻게 지내시는지도, 무엇을 하시는지 좀처럼 알 수가 없다니요?"

하고 사성이 다시 묻자, 부인이 대답을 했다.

"내 아버님은 평소에도 알 수 없는 일을 자주 하시는 사람입니다.

내가 어렸을 때에도 며칠 동안 나가서 돌아오지도 않은 적이 많아 어머님의 마음을 상하게 하신 분입니다. 그래서 아버님의 행방에 대해서는 체념을 하고 지냈습니다. 그러니 너무 괘념치 마시고 상심하지 않았으면 합니다."

"그래요! 한양을 떠나시기 며칠 전 내가 뵈었을 때, 말씀에서 나에게 물어보신 것이 있어요."

"그게 무엇입니까?"

"집에 조부 되시는 동고 대감께서 갖고 계신 서책을 아직도 보관하고 있는지 물으셔서 '저의 조부님의 서책은 임진년 전란으로 거의 소실이 되었습니다.'라고 말씀드리니 장인어른께서 '그 많은 서책이 없어지다니! 참으로 아쉽다.'고 하시면서 '그런데 아직도 남아 있는 서책들이 혹시 있는가?' 하고 물으셨습니다. 그래서 조금 남아 있는 것을 가지고는 있다고 답하니, '내가 자네 조부님 서책에 관심이 많네!' 그러시면서 '혹시 『조선풍속』이란 책을 쓰셨다고 하는데 자네가 알 수가 있는가? 내가 보고 싶은데 가져다줄 수 있나?' 하시어 '알 수는 있습니다. 찾을 수도 있을 것 같습니다.'라고 말씀드렸습니다. 그런데 부인! 내가 그 책을 찾았어요. 그러니 장인어른께서 언제 한양으로 오시는 것이 궁금하기도 합니다."

한편, 아들 사성 부부를 염려하는 정부인은 허균의 행각이 탐탁지 않아 좋은 본보기가 되지 못하며, 근황도 알 수 없다고 하니 불안한 마음으로 지내고 있었다. 더군다나 광해군의 폭성이 심해지고 큰 오라버니가 위험에 처하여 조바심으로 애가 탔는데, 그나마

무고로 풀려났다고 하니 큰 고뇌의 한숨은 놓아서 다행이었다.

그러나 오랫동안 장인 허균은 한양에 오지 않았다. 1612년에 형님인 허성이 세상을 떠나셨는데도 오지를 않았다. 이사성과 남동생은 모두 문상을 갔는데 장인어른이신 허균은 무엇을 하는지 연락이 없었다. 모두들 영문을 몰라 장인어른에 대한 이야기를 하다가 알 수가 없어서 그만두었다.

다음 해 1613년이 되어 장인인 허균은 다시 한양으로 돌아왔다. 이사성이 찾아가 문안을 드렸는데, 허균의 모습과 표정이 많이 변한 것 같았다. 딸과 손자를 보면 기뻐하고 즐거워하던 예전과는 달리 심정이 많이 굳어 있었고, 되도록이면 연락을 할 때 오라고 하였다.

그리고 인목대비의 폐모론에 가담하는 뜻을 보이셨는데 얼마 후 관직을 받고 중국을 다녀왔다. 어떻게 된 영문인지 세상에 누구도 그의 의도를 알 수가 없었다. 아마도 장인어른은 그 자신을 연명하기 위한 조치를 취하는 것 같았다. 그 후부터 이사성은 드물게 허균의 집에 드나들었다. 하지만 갈수록 나라가 뒤집어지는 일이 일어나니 더 이상 출입할 수도 없었다.

그때 정부인이 큰아들 사성을 불러 놓고 말하였다.

"세상이 어수선하니 너는 각별히 조심을 하거라! 지금 나라에서 일어나고 있는 것에 대해 우리는 제대로 알 수가 없다. 세상에 있을 수 없는 일이 계속 발생하고, 사돈이신 허균 대감의 신상에도 큰

위기가 닥쳐올지 모른다. 그러니 이를 어찌하겠는가? 이 모든 것이 너무 자유분방하게 움직이신 너의 장인이 자초한 일이니 누구를 책할 것이더냐? 너에게까지 영향을 가져다줄 것이 분명하다. 지금부터는 너의 장인 댁에 절대로 드나들지 말거라! 거리를 멀리하여라!"

동생들도 사성 형님이 많이 걱정이 되어,

"매우 염려하시는 어머님의 뜻을 따르고 그곳에 드나들면 아니 됩니다."

라고 권하고,

"형수님께도 친가에서 멀리 떨어져서 당분간 지내는 것을 사람들에게 보여 줘야 합니다."

라며 걱정 어린 당부를 전하였다.

1617년, 나라가 온통 떠들썩했다. 광해군은 어머니가 되는 인목대비를 허위 사실에 연루시켰으니, 상소들이 올라왔지만 결국 폐모로 이어졌다. 인목대비는 불의에 수모를 당하니 세상에 있을 수 없는 일이고, 참으로 개탄스러운 지경이 되었다. 그런데 사돈인 허균이 폐모하는 것을 동조하고 합류했다고 하니 사성의 어머니 정부인은 마음이 몹시 상하였다.

"어찌 세상 이치에 밝은 분이 처신을 그렇게 한다는 말인가?"

하며 탄식하였다. 정부인은 그대로 참고 견딜 수가 없어 편지를 써서 허균에게 보내었다.

이런 일은 만고에 있을 수 없는 일이 됩니다. 어찌 과업에 치중하여 올바른 도리를 저버리고 천륜을 거슬리는 일을 하고자 그러십니까? 이 나라의 백성들이 바라보고 있습니다. 부모와 자식 간은 하늘에서 맺어진 인연으로, 장차 마땅한 도리를 지켜 나갈 후세를 생각한다면 존위에 어긋나는 일을 펼쳐서는 아니 됩니다.

하지만 서로가 멀리하고 소식을 끊으니 더욱 처참한 일들이 계속 벌어졌다. 그리고 조정에서 권력을 장악하고 험악하게 술수를 휘두르는 '이이첨'이 문중에서 나왔는데, 더욱 정세를 흐리게 하고 갈수록 어려움을 조성해 나가니 이해할 수가 없었다.

한편, 예전에 이사성 형제가 허균의 형님이 되는 허성의 장례에 조문을 갔을 때 만난 '허장'이란 젊은이를 집으로 데려온 적이 있었다. 허장은 이사성의 처가 태어난 친정과 연결하면, 허균과 같은 양천 허씨로서 머나먼 친척이 될 수 있으니 외딴 사람이라고 생각할 수가 없었다. 그런데 허장은 그날 사성의 여동생 지수를 보고 미모에 감탄하였다.

그 후에 허장은 사영과 사헌을 보러 찾아왔는데, 사실은 예쁜 지수를 흠모하여 보고 싶어서 온 것이었다. 같은 나이에 사헌과 허장은 거듭 해를 보내면서 친숙해지고 왕래를 하였다. 그러던 중에 허장은 정부인의 허락을 받아 지수와 모처럼 단둘이 말을 타고 한양의 남쪽 관악으로 갔다. 허장이 지수에게 말을 건넸다.

"아가씨는 어떻게 말을 잘 타세요?"

"얼마 전 어머님께서 가르쳐 주시고 그 후에 가끔 탔습니다."

"나는 무관이신 저의 아버님 덕분에 일찌감치 말을 타는 것을 배웠습니다. 그런데 지금 지수 아씨가 말을 잘 타는 모습을 보니까 놀랍고 정말 좋습니다."

그 말을 듣고 지수도 많이 기분이 좋아 물었다.

"저번에 사헌 오라버니와 함께 여기에 오셨을 때는 그런 말씀을 안 하시더니 내가 그때보다 지금 더 잘 타는 것인가요?"

"아니오! 그때에도 아주 좋았습니다. 언제나 똑같이 멋지게 좋아 보입니다."

허장의 말에 지수는 얼굴에 홍조를 띠었다.

"내가 그렇게 말을 잘 타는 것 같아요? 너무 그렇게 칭찬하시면 민망합니다."

그 후에 두 사람은 한층 가까워졌다. 그러는 사이, 허장의 아버지 '충장공'이 공손하게 글을 올리고 정부인에게 연락을 해 왔다.

"두 사람을 혼인시키면 어떠하신지요?"

부인은 인사 글을 쓴 뒤,

"아직 결정을 못하였습니다. 미루시지요!"

하고 답장을 보냈는데 마음이 달갑지가 않았다. 요즈음에 부쩍 허균 때문에 요사스럽고 심상치가 않은 일이 발생하는 가운데 또 '허씨'라는 것이 마음에 걸리니 계속 망설임을 갖고 무척 고심을 하였다.

그런데 하루는 마음을 정하지 못하고 잠을 자는데 '덕열'이 꿈에

나타났다. 부인은 놀랍고 반가워서,

"영감이 어쩐 일이세요? 그동안 많이 보고 싶었습니다."

그러자 덕열은 부인의 손을 잡으며 웃으면서 젓가락과 숟가락을 쥐어 주고 맛있는 음식과 과일을 갖다 주었다.

"부인! 요즘 너무 걱정하지 마시오! 내 딸아이의 인연은 젓가락과 숟가락처럼 서로 돕고 위로하며 아주 잘될 것입니다."

그러면서 손을 흔들어 주었다. 잠에서 깨어난 정부인은 다음 날 지수를 불러 놓고 물었다.

"너 허장을 마음에 두느냐?"

그러자 지수가 눈시울을 적시며 고개를 끄덕였다.

"그 오라버니는 참 착하고 욕심이 없고 늠름한 분입니다."

"우리 집안에 또다시 허씨를 맞이하면 안 될 것 같다는 생각을 하루에도 몇 번이고 하는데, 너의 마음이 문제가 되는구나!"

그러자 지수가 눈물을 흘리며 답했다.

"예! 저는 어머님 분부에 따르겠습니다."

그런 딸의 모습을 본 정부인은 차후에 다시 의논해 보자고 말하였다.

그런데 그 후에 허장이 또 왔다. 두 사람은 다시 말을 타고 강변 쪽으로 갔다.

"지수 아씨! 어머님의 마음고생이 많은 줄 압니다. 그렇지만 아씨를 연모하는 내 마음은 앞으로도 변함이 없으니 나의 뜻을 받아 주세요."

하니 두 사람은 서로 눈시울이 뜨거워졌다. 그러자 허장이 지수의 마음을 달래면서 말했다.

"허씨 문중에서 허균 종친 때문에 많이 염려하고 있습니다. 하지만 허균 종친은 나의 부친과도 아주 멀리 있는 관계입니다. 아무런 연락도 갖지 않고 거의 모르고 지내는 사이입니다. 그리고 나는 별로 관직에 마음을 두지 않으니 편안하게 지내면서 앞으로 큰일에 염려가 없을 것입니다. 그렇게 어머님께 말씀드리세요. 걱정을 하지 않으셔도 됩니다. 또 내가 지수 아씨를 평생 편안히 데리고 지내고 싶다고 말씀드리겠습니다."

그 후 시일이 지나서 마침내 정부인은 지수의 혼인을 받아들였다.

추석 명절을 아슬아슬하게 보내자, 나라의 상황이 걷잡을 수 없이 긴박하게 돌아갔다. 허균은 별안간 밤에 자신이 소지하고 있는 많은 서책을 모아서 짐을 싸 놓고, 하인을 시켜 딸이 살고 있는 사위 이사성의 집에다 갖다 놓으라고 하였다. 그러더니 곧바로 의금부에 잡혀 들어가고 능치처참이 되었다.

그리고 얼마가 지나서 이사성도 장인 허균의 일로 붙잡혀 가서 대질과 공초를 받으니, 정부인은 돌아가는 형편과 위급한 분위기에 어수선하고 괴로움 속에서 지냈다. 결국 서로가 계속 얽히는 참담하고 처절한 운명은 어쩔 도리가 없었다.

 # 24

천도의 시련과 남행

허균은 한동안 폐모론에 가담해서 광해군의 신임을 얻고 지내고
있었는데, 인목대비의 폐모론을 반대하는 '기자헌'을 귀양 보내니
이에 분개한 그의 아들 '기준격'이 허균의 역모 사실을 일부로 만들
어 내었다. 결국 1618년 광해군은 더 이상 허균을 감싸면서 살려 두
지 않고 잡혀 온 후 며칠 만에 능지처참을 한 것이다.

그리고 얼마 후 관련자들을 참수하고 이사성과 큰아들 필진도 귀
양을 보내니, 어지러운 세상 속에서 정부인은 더욱더 마음이 한스
럽고, 격분이 가슴에 북받쳐서 견딜 수가 없었다. 정부인은 사성과
큰 손자 필진이 앞으로 어떻게 될지 알 수가 없고 죽임을 당할 수도
있다는 생각에 마음이 안타까웠다.

그런데 아들들은 나이가 차면 죽이거나 귀양을 보낼 테니 필진의
동생 '필신'이도 곧 위험할 수밖에 없었다. 며느리를 불러서 상의를
하고 혼자 지내는 양아들 사악의 처에게 알리어 '필신'이를 양자로
보내었다.

정부인은 아들 사영, 사헌과 처를 불러 놓고 말했다.

"나라의 어머니이신 인목대비를 폐모하는 것은 폐륜으로 하늘의 뜻을 거스르는 것이다. 천하에는 원수가 없고 모자간의 의를 끊을 수 없다는 것은, 어리석은 남편과 부인도 통상적으로 아는 일이다. 시절을 잘못 만나서 인륜의 도리를 저버리는 것을 어떻게 저지할 수가 없다.

그러니 지금은 한양을 떠나 멀리 있는 곳에서 지내는 것이 옳다고 본다. 더 이상 한양에서 머물러서는 아니 될 것이다. 남원의 주포로 갈 것이다. 내 말을 들어라! 너희들은 모두 가산과 짐을 챙겨 떠날 준비를 하여라. 내가 날을 정하면 그날부로 따라나서거라. 너의 큰형 사성은 어린 아들 필진을 데리고 귀양 갔으니 차후에 내가 소식을 전하겠다."

마침내 정부인은 그해 늦가을, 모든 가족을 거느리고 다시 덕열이 지냈던 남쪽의 고향 마을로 강행을 결단하였다. 그러면서 한양을 떠나게 되면 종갓집 관리가 어렵다는 생각에 사위 허장에게 부탁을 하여 살도록 하니, 얼마 전에 아이를 낳은 딸과 사위는 흔쾌히 매우 좋아하였다.

며느리인 이사성의 처도 남은 아들과 딸을 데리고 짐을 꾸려서 따라나섰는데, 친정아버지 허균이 보낸 문집과 많은 서책도 함께 가져갔다. 모든 가족은 우마차에 살림살이를 싣고 먼 길을 떠나게 되었다. 많은 짐 때문에 시간이 오래 걸리지만 그래도 쉬어 가면서 정부인의 말씀에 따라 움직였다.

　정부인과 아들은 남원의 주포로 다시금 돌아오니 마음이 새로워졌다. 사영과 사헌은 어릴 때지만 정겹게 지냈던 기억이 있으니 기분이 상기되었다. 정부인은 아들이 지낼 거처를 정하고, 짐을 풀고 정리를 마친 후에 다음 날 모이게 하였다. 그리고 분부하며 탄식하기를,

　"너희들은 대대로 국록을 먹는 자손이고 청백리로 명예나 절조를 지켜 온 후예들이다. 부지런히 읽고 수행하여 가문의 명성을 실추시키지 않는다면, 너의 부친이나 조부의 영혼이 명명한 중에서도 감응하여 반드시 자손에 후사할 것이니 굳센 뜻으로 힘써야 할 것이니라. 이곳에 와서도 글공부에 소홀하여서는 안 된다. 또 이제부터는 너의 형인 사성이 유배를 가서 있으니 너희가 일을 많이 해야 한다."

　그러면서 둘째 아들 사영에게 말했다.

　"네가 먼저 앞서면서 우리 집안을 살피고 일을 해야 할 것이다. 예전에 너희 종형 '광악'이 세상을 떠났는데 가내외의 바쁜 일 틈 속에서도 사성 형이 혼자서 조문을 다녀왔다. 때로는 상황과 형편이 잘 안 되는 것도 있으니 상의를 하고 때를 맞추어서 해야 할 일을 나서라. 내 말을 알아듣겠느냐?"

　"예, 알겠습니다. 형님이 없으니 이제는 제가 먼저 앞서서 할 일을 어머님과 상의해 나가겠습니다."

　곧이어 정부인은 며느리들에게 분부하였다.

"우리가 가져온 식량은 머지않아 모자라게 된다. 그러니 절약하면서 할 수 있는 농사일이 있다면 찾아서 많이 해야 한다. 생활이 더욱더 어려워질 것이다. 일꾼도 쓰지 못하고 데려온 여종도 내보낼 수도 있다. 그러니 앞으로 우리는 그것을 감수해야 한다. 집안이 화락하면 비록 거친 밥을 먹고 나쁜 옷을 입더라도 그 즐거움을 이기지 못할 것이오, 부부가 서로 미워하면 비록 비단 옷에 진기한 음식을 먹더라도 그 근심과 탄식을 견디지 못할 것이다.

또한 가정의 법도에서 며느리들은 서로 가난하고 혹은 부유한 것을 비교하여 차츰 대우를 박하게 하고, 후하게 해서는 안 된다. 이런 것으로 틈이 생기면 가난한 며느리는 원망을 하고, 부유한 며느리는 교만하게 되는 것이니 동서지간에 어그러짐이 이렇게 해서 생겨나는 것이다. 이를 명심하여라."

어느 날, 사성의 처인 큰며느리가 뒤뜰에서 울고 있는 모습을 본 부인은 방으로 불러들였다.

"친정집이 쑥대밭이 되었으니 비참하기가 이를 데가 없구나! 친정아버님 시신도 수습하지 못하게 했으니 일이 슬프고 너무 안 되었다. 지금 내 마음도 너무 쓰리고 아프다. 하지만 이제는 지난 일인데 어떻게 하겠느냐! 우리 모두가 너의 친정아버님이 하고 싶은 일을 막아서지 못하고, 결국 내버려 두었으니 우리의 잘못도 많이 있다. 어찌하겠느냐! 그분의 뜻이 그렇게 사시는 것을 원했으니 그 누구도 막을 수가 없었다. 너는 출가를 했으니 우리 가문의 사람이 되었다. 지금은 슬픔이 북받치지만 잊으면서 지내야 할 것이다. 자식을 생각해서라도 앞날을 쳐다보며 너의 서방과 필진이가 잘 지내며 무사히 풀려나기를 바라야 하지 않겠느냐?"

그러자 큰며느리가 대답했다.

"어머님, 너무 상심하지 마십시오! 슬픔을 갖는 것은 저 혼자만으로도 충분합니다. 저의 친정아버지 일로 가족이 모두 비탄에 잠겨 있는 것을 저로서는 원하지 않습니다."

"너의 아범(이사성)은 귀양을 갔지만 내 생각으로 언젠가는 풀려날 것으로 믿는다. 걱정이 되는 것은 필진이가 많이 염려된다. 어린 것을 함께 내보냈으니 그곳에서 험하게 지내며 몸이 상할까 봐 많이 걱정되는구나!"

"예! 저도 많이 걱정됩니다. 그렇지만 지금으로서는 어찌할 방도가 없습니다. 타고난 인명이니 마음을 다듬고 지켜보는 것밖에 없습니다."

이에 부인은

"내가 필진 아비가 있는 곳의 사정을 알아보고 어떻게 지내는지 연통을 넣어 볼 것이다. 그러나 규율이 엄격하다니 제대로 할 수 있을지 알 수가 없구나!"

하였다.

#25
홀대받는 거처

봄기운이 펼쳐지니 정부인은 큰아들 사성과 손자가 추운 겨울 동안에 어떻게 견디어 냈는지 궁금하여, 민첩하게 움직이고 유연하며 공손한 '일정이'를 불러서 안부 편지를 적어 '흥양'으로 보냈다. 그런데 '일정이'는 며칠이 지나서 그대로 되돌아왔다.

"고을 관아의 현감을 찾아뵙고 무릎을 꿇고서 사정을 이야기하고 편지를 드렸는데, 현감이 나라의 명이 지엄하고 혹독하여 일가친척은 물론, 어떤 안부 소식이나 서한도 건네줄 수 없다고 하였습니다. 또 물증이 되는 것은 절대로 받아서는 안 된다 하고, 만일 그것이 알려지면 더 험하고 심한 곳으로 보내지는 형벌을 받게 되니 편지를 그대로 도로 가져가라 하였습니다. 그렇지만 마님과 가족이 주포에 있다는 것을 전하고 나왔습니다."

하여튼 사성은 아들 필진과 낯선 곳에서 혹독한 겨울을 넘겼다. 유배인을 항상 감시하는 '보수주인'은 사성이 어떻게 큰 죄를 짓고, 아이는 무엇을 잘못하였기에 어린 자식까지 데려와서 죗값을 치르는 것인지 자세히 알고자 하였다. 그러고는 무자비한 표정으로 사성에게 겁박하듯 말했다.

"내가 이곳에 있는 동안 아비와 아들이 함께 온 적이 없었네. 자네가 와서는 아주 마을의 식량을 더 탕진할 것 같네. 그러니 고을 사람에게 좋은 일이 뭐가 있겠는가? 예전에 유배를 온 자가 죽어서 나간 적이 있는데, 그 배후가 누군지 아는가? 바로 나일세. 잘못이 크면 더 혹독한 대가를 치르게 해야 한다던 고을 현감의 지시를 따른 것이라네. 근처에 먼저 왔던 어떤 유배자는 자기 뜻만 내세우며 자만하여 딴소리를 하고 다녀서 고을 사람을 불안하게 만들고 힘들게 하였다가 내게 아주 혼쭐이 나고서 어찌 되었는지 아는가? 내 말을 명심하게나."

이사성은 마음을 비우고 지내고자 하였으나 함께 온 아들 필진이가 매우 걱정되었다. 한참 자라는 아이인데 제대로 먹지도 못하고 적응에 힘들어하니 염려가 되었다. 예전에 한양에서 유배지에 대한 이야기를 들은 적이 있었는데 그곳과 비교해 보았다.

'이곳은 왜 이렇게 각박하단 말인가?'

자신보다 1년 전에 먼저 함경도로 유배를 떠난 '윤선도'를 생각하였다. 필행 조카님이 말하기를, 윤선도는 유배지의 고을 사람과 친근해서 그곳의 젊은 사람을 가르치고 유대가 좋아서 고생을 심하게 하지 않는다고 하였다. 윤선도가 전부터 광해군을 아주 못마땅하게 여겨 왔으니 일찍 유배를 갔지만, 그의 성품이 불의에 타협하지 않고 공정하고도 너무 곧아서 누구도 탓할 수가 없다는 것을 사성도 서로 이야기를 하면서 알게 되었다.

그러니 윤선도의 앞날에는 더 많은 고난이 있을 것을 생각하다가, 윤선도에게서 들은 어릴 때의 고향 이야기가 떠올랐다. 해남이라고 하였으니 이곳에서 아주 가까운 지역일 것 같은데, 아주 운치가 좋고 즐겁게 보내어 정이 듬뿍 들은 곳이라며 그리워하였다. 그런데 이곳은 매서운 혹한과 씨름하며 주변을 보아도 삭막하기만 하였다. 하지만 추위에 떨고 몸이 약한 필진이를 생각하니 하루하루를 무료하게 보내게 해서는 안 된다고 여겼다.

사성이 필진이에게 말했다.

"필진아! 이 아버지가 처신을 잘못하여 너까지 이렇게 고생을 시키는구나! 그러니 나를 얼마든지 원망해도 좋다. 모든 것은 나에게 책임이 있으니 너는 마음을 편히 하여라."

그러자 필진이 고개를 내저으며 말했다.

"아버지! 나는 아버지의 잘못을 찾을 수가 없습니다. 그리고 잘못을 알고 싶은 마음도 이제 없어졌습니다. 저는 지금 아버지 곁에 있는 것이 참 다행입니다. 저 혼자서 딴 곳으로 갔으면 그나마도 견디지 못했을 것입니다."

"그러냐! 너의 생각이 그렇다니 기특하구나. 집에서 너를 걱정하고 지내시는 어머니를 위해서 안부조차도 전하지 못하니 꾹 참으며 견디어 나가자! 그리고 필진아, 우리가 앞으로 어떻게 될지는 알 수가 없다. 하지만 죽는 날이 오더라도 사람의 도리를 다하고 공부하는 것도 멈추어서는 안 된다고 생각한다. 무엇인가 열중하고 마음을 안정하면 시간도 잘 가고 괴로움을 덜 가질 수 있다. 그러니 시간이 나면 책을 보고 공부를 하며 나에게 물어볼 것이 있으면 말하거라! 그래, 네가 가져온 서책이 얼마이더냐?"

"아버지께서 말씀하신 몇 권과 지필묵을 담아서 가져왔습니다."

"그러면 소학을 꺼내고 다시 공부를 해 봐라!"

하니 필진이 '예!' 하며 책을 가져다 놓고 공부하였다.

사실 필진이가 소학을 읽은 지는 조금 되었지만 그래도 공부하기에 괜찮다고 생각하였다. 사성은 예전에 윤선도와 소학으로 한판 한 것을 기억하였다. 필행 조카님과 윤선도가 함께 있었을 때, 소학이 민생들의 도모와 항의를 부추긴다 하여 임금이 금서를 내렸지만 그래도 널리 읽히고 있다고 하면서 서로 이야기를 나누던 중이었다.

자신이 소학에서 남녀유별을 다루는 차이가 크다고 말하니, 윤선도는 아랑곳없이 소학의 내용을 그대로 따르고 싶다고 하고, 필행 조카님도 윤선도의 입장으로 기울었다. 그러자 윤선도는 껄껄 웃으며,

"나도 남녀유별의 폐단을 수긍하지만, 그것은 여인네들이 마음속에 어떻게 받아들이는 것에 좌우되는 것이고, 아직까지 여자들이 이의를 제기하지 못하니 그대로 놔두는 것이 올바르다 생각하오."

라고 하여 모두 껄껄 웃고 말았다. 내가 어머님께서 말씀하신 죽마고우를 설명하며 막역지우가 좋을 것 같다고 하니, 윤선도가 웃

으며 말하였다.

"그것 정말 좋은 말이오! 이공의 뜻이 깊고 참 특이하오. 그런 것은 우리가 계몽을 할 수 없고 사람들이 우리를 어떻게 생각해 주냐에 달려 있소. 나는 아직도 변함없이 '필행공'과 잘 지내고 있으니 내게는 참 정답고 너무 좋은 사람입니다."

사성은 필진을 바라보며 마음이 측은하였다. 어린 시절을 이런 곳에서 보내니 막역지우가 되는 동기도 찾지 못하고, 외로울 것이라는 생각에 말을 하였다.

"필진아, 어머니께서 지금 너를 무척 보고 싶어 하실 것 같구나! 그러지 않느냐?"

"예! 제가 많이 보고 싶은데 어머니께서도 지금 그러실 것입니다."

"그래, 맞다! 아주 어릴 때를 생각해 보니 어머니께서 너를 참 많이 귀여워하셨다. 네가 밖에 나가 있으면 잠시도 견디지 못하고 보고 싶다고 나에게 말하곤 하셨다. 그런데 여기에 오기 전에는 나가서 사귀었던 동네 친구가 있었니?"

"네, 사귀는 아이가 있었는데 제가 곧 여기로 왔습니다."

그러자 사성은 마음속에 안타깝다는 생각을 하며, 자신도 전쟁 중 어릴 때를 돌이켜 보니 아주 친근한 벗을 사귄다는 것이 어렵게만 느껴졌다.

사성은 차갑고 매서운 칼바람이 부는 겨울을 아들과 함께 참고 견디어 내었다. 밤에는 몸이 약해 추위를 몹시 타는 필진을 꽉 껴안고서 잠을 자면서 보냈다. 제대로 먹지를 못하고 허기가 지니 아들 필진이가 매우 처량해 보이고 마음이 아팠다. 아무리 둘러보아도 어디든지 친숙하지 않았다.

그런데 봄날이 찾아오니, 알지 못하는 주변이 점차 눈에 들어 왔다. 보수주인이 봄이 오면 반찬이 이전만큼 나오지 않으니 나가서 스스로 나물을 캐 먹을 수 있다고 말한 것이 기억났다. 그런데 얼마가 지나자 실지로 두 끼만 식사를 주고 반찬도 제대로 나오질 않았다. 보리밥에 대부분 무잎 조각과 간장이 나왔다. 토란과 된장을 가져다놓고 우려서 삶아 먹으라고 하였다.

사성은 걱정이 되었다. 자신은 견딜 수가 있는데 필진이가 지탱할 수 없다는 생각을 하니 마음이 괴로웠다. 부엌으로 내려가서 물을 끓이며 생각하기를, 빨리 밖으로 나가서 먹을거리를 구할 수 있어야 했다.

사성은 마음을 정하고 감시하는 보수주인에게 밖으로 나가겠다고 말하니 멀리까지 갈 수 없다고 하였다. 그래서 나물을 캐러 간다고 하니,

"내가 따라가며 감시를 해야 하는데, 그럴 필요 없이 아들을 집에 두고 나가면 나도 편하고 서로 좋을 것이오."

하였다. 어쩔 수 없이 사성은 필진에게 말해 두고 혼자서 바구니를 들고서 보수주인의 허락을 받고 나왔다. 어릴 때 주포에서 어머니와 함께 있을 때 쑥과 나물을 캐던 것을 기억하고 찾을 수 있으니

다행이었다. 어머니께서 전쟁 중에 소나무 껍질을 벗겨서 먹었다고 말씀하신 것도 떠올랐다. 어느 정도 캐고 다시 거소에 돌아오면 나물에 국을 끓여 놓고 필진이와 먹곤 하였다.

날들이 지나면서 나갈 때마다 풀들이 제법 자라고 나뭇잎이 파릇파릇하게 돋아났다. 감시망에서 피하고 마음이 좀 더 홀가분하여 나물을 캐고 있는데, 멀리서 나무지게를 메고 나물을 캐며 내려오는 노인 부부를 만났다. 노인이 사성에게 인사를 건넸다.

"힘들고 어려운데 잘 지내십니까?"

이에 사성도 답례 인사를 하였다.

"예! 염려해 주시니 고맙습니다."

"이 자리에서 잠깐 쉬었다 가시지요?"

"그러시지요!"

사성이 앉으며 노인에게 물었다.

"노인장께서는 저를 잘 아십니까?"

"예! 내가 처음 이공이 아들을 데리고 수레에 실려서 고을 쪽으로 들어왔을 때 보았습니다. 아드님은 잘 있습니까?"

"거소에 있고 아직은 잘 있습니다."

"감시하는 사람이 아주 꽉 막히고 고집이 완강해서 고생을 많이 하시겠습니다. 그자가 다른 사람으로 바뀔 때까지는 지내기가 어려우실 겁니다."

그러자 사성이 노인에게 물었다.

"이 근처에 사시고 오래되었습니까?"

"예! 나의 선친께서 옛날 아주 젊었을 때 해남에 사셨는데 을묘년 왜적이 쳐들어와서 전쟁에 참가하시고 이곳으로 와서 정착하였습니다. 그런데 얼마 전에 해남에 살며 잘 알고 지내는 사람이 찾아와서 이야기를 나누다가, 이공의 조부께서 을묘년에 내려와서 왜적을 물리쳤다 하며 해남 지역 이야기를 해 주었습니다. 그래서 이공이 누구인지 알게 되었습니다.

운수가 사나워서 유배를 오셨으니 무사히 풀려날 때까지 참고 잘 견디셔 합니다. 아주 오래전에 유배를 온 사람은 겨울을 못 넘기고 죽어서 나갔습니다. 그러니 이공은 자식까지 함께 있으니 건강이 많이 염려됩니다."

이야기를 조금 나누다가 노인이 떠나면서 말했다.

"저쪽 골짜기를 지나면 내가 일구어 놓은 밭이 있고 이따금 채소들을 가꾸고 있습니다. 그곳으로 와서 먹을 만한 것이 있다면 언제든지 캐서 가져가십시오."

#26
홍기와의 눈물

마을 주위에는 15가구 정도가 살고 있는데, 집들은 서로 멀리 떨어져 있기도 하고 몇 집은 가까이 모여 있었다. 기와집은 드물고 초가집이 많았다. 기와집일지라도 온전하지가 않았다. 정부인이 살고 있는 집도 너무 오래되고 낡아서 많은 수리가 필요하고, 안채의 기와지붕이 떨어져 나가서 볼품이 없었다. 하지만 비교적 큰 마당을 지나서는 헛간과 쓰러져 가는 별채와 뒤뜰 끝엔 대나무들이 우거져 있었다.

돌담을 넘어서 둘째 아들 사영이 부부와 아들이 지내는 건너채 밖으로 나가면, 이웃집들이 마주 보며 서로 붙어 있는데 그중에는 새로 지은 커다란 집들도 있었다. 며느리 사성의 처와 자식은 안채에 위치한 별도의 방에서 지냈다. 그리고 막내아들 사헌의 가족은 멀리 다른 곳에 집을 얻었는데, 초가집 방이 작고 낡았지만 우선은 그런대로 지낼 수가 있었다.

농사철에는 모두 나서지 않으면 제대로 해낼 수가 없었다. 식구들이 늘면서 집 근처의 조그만 전답으로는 곤궁을 벗어나지 못하고 살아가기가 무척 힘들었는데, 사영의 처가에서 땅을 떼어 내었으니 고마울 따름이었다. 하지만 일손도 턱없이 부족하고 아직 경작할 수도 없는 곳이니 막막하였다. 사영의 부부는 혼신의 힘을 다하여 부지런히 이리저리 돌아다녔다. 집안 식구들은 시간이 나면 길쌈을 했다. 일꾼도 거의 내보냈으니 하루하루를 일하며 지내는 것이 어려워도 별수가 없었다.

보릿고개 때가 되었는데 마을 사람들은 힘들고 식량은 거의 바닥이 났다. 농사일에 바쁜 6월 망종이 지나니 식구들은 보리를 베어 가까운 들녘에다가 말리기 위해서 쌓아 두고 있었다. 그런데 하루는 사영이 어머니 정부인에게 와서 말하였다.

"어머니! 내가 둘러보았는데 얼마 전에 제법 높게 쌓아 둔 보릿단이 조금 이상해 보입니다. 보리가 없어진 것 같습니다."

"많이 없어진 것같이 보이냐?"

"조금 없어진 느낌이 듭니다."

"그러냐? 그러면 판단이 확실치가 않은 거구나. 나와 함께 한번 둘러보자."

그래서 나가서 보았는데, 정말 알 수가 없었다. 쌓아 둔 보릿단들을 유심히 둘러보고 확인한 정부인은 사영에게 말했다.

"보아하니 별로 큰 차이가 없는 것 같다."

그리고 집에 돌아온 후 사영이게,

"내가 어두워질 때 봉숭아 꽃물을 다른 쪽 보릿단 윗부분에 발라 놓을 것이다.”

그러고는 땅으로 떨어진 기와 위에 봉숭아꽃을 찧어 빨간 꽃물을 담으며 말했다.

“사영아! 너는 멀리서 지켜만 보거라. 그자가 주위를 살피고 가까이 사람이 있으면 오지 않을 것이다. 만일 사람이 나타나서 보릿단을 가져가면 절대로 붙잡지 말고, 몰래 따라가며 어디로 가는지 알아 두기만 하여라. 그리고 절대 누구에게도 말하지 말고 너만 알고 비밀로 하라.”

그래서 사영이 숨어서 멀리 그곳을 지켜보고 있는데 자정이 넘어서 웬 여자 같은 차림의 사람이 다가와서 보릿단을 위에서 조금 가지고 갔다. 사영이 모르게 따라갔는데 그만 놓치고 말았다.

사영은 다음 날 아침에 그곳 근처를 둘러보고 다행히 빨간 보릿대 조각이 떨어진 집 앞을 찾아 확인할 수 있었다. 그곳은 가까운 마을 아래쪽에 있고, 알고 지내는 사람이 살고 있는 집이었다.

사영이 어머니께 말씀을 드리니, 다시금 절대로 누구에게도 말하지 말라고 당부하였다. 사실 그 집은 형편이 안 좋아서 끼니를 제대로 먹지 못하고, 아버지가 없는 어린 외딸아이가 아프니 어머니가 크게 걱정이 되어 아이에게 보리죽이라도 먹이려고 가져간 것이다. 정부인은 모르는 일로 넘기고 내버려 두었다.

얼마 후 모내기를 할 때, 그 집 아주머니를 불러서 일을 하자고 하였다. 그리고 식사를 같이하도록 하여 딸아이가 얼마나 아픈지 물었다. 아직도 가끔 열이 펄펄 나고 신음을 하고 잠을 못 잔다고 하였다. 그러면 일을 나갈 때 딸아이가 혼자 있으면 안 좋으니 우리 집으로 데려오고, 나의 손녀딸도 혼자이니 꼭 함께 놀도록 해 주면 정말 좋겠다며 청을 하니 매우 고마워하였다.

그래서 그 여자아이는 손녀인 사성의 딸과 함께 놀며 지내게 되고 끼니를 굶지 않으니 점차로 건강도 좋아졌다. 정부인이 아이들에게 봉숭아꽃을 따서 서로 도와 가며 손톱에 빨갛게 물들이는 방법을 알려 주니, 좋아하고 재미있게 잘 놀았다. 봉숭아꽃을 따서 기와 위에 놓고 찧어 손톱에 덮어서 빨갛게 물들이며 서로 잘되었는지를 확인하였다.

그런 일이 있은 후, 볏단이나 보릿단이 없어지는 일은 다시는 일어나지 않았다.

하지만 다음 해 그 집 딸아이가 갑자기 몹시 아파서 결국 얼마 지나서 죽고 말았다. 그래서 빨간 봉숭아 꽃물을 손톱에 물들이며 함께 놀려고 올 수가 없었다.

정부인이 손녀 딸아이에게 그것을 말해 주고 이제는 다시 올 수 없다고 하니, 손녀딸은 빨갛게 변한 홍기와 위에 빨간 봉숭아꽃을 계속 찧으며, 눈물을 뚝뚝 흘리면서 마구 울기 시작했다. 그러자 그것을 딱하게 본 정부인은 다가가서 손톱에 봉숭아물을 들여 주면서 아이에게 말하였다.

"친구는 저 하늘에서 지금 너를 보고 있을 거야! 그러니 친구에게 인사도 하고 봉숭아 선물도 함께 보내면 어떻겠니? 그러면 아마 좋아할 거야. 그러니 우리 이렇게 하자!"

그러고는 빨간 물이 배어 있는 홍기와를 뒤뜰의 대나무들이 있는 곳으로 가까이 가져가서 아래에 놓고, 그 주위에 빨갛게 피어나고 있는 봉숭아를 옮겨다가 돌아가며 심어 주었다.

"내일부터는 비가 안 오고 시들면 물을 주어서 봉숭아가 잘 자라게 해 주어라. 친구가 저 하늘에서 봉숭아꽃을 바라보며 기뻐할 거야!"

하니 그다음부터 아이는 정성스럽게 봉숭아꽃을 보살피면서 울지 않았다.

27

수덕봉의 망상

  농사철이 지났는데도 정부인은 마음이 편치가 않았다. 그리고 건강이 안 좋아졌다. 한동안 몸살을 앓아누워 지내고 일어나니, 소화가 안 되고 몸을 제대로 지탱할 수가 없고 통증이 심하였다. 그러다가 정부인은 한양 종갓집에서 지내는 사위와 딸이 어떠한지 궁금하여서 견딜 수가 없었다.

  아들 사영에게 한양의 집소식도 궁금하고 너의 여동생 지수가 어떻게 잘 지내는지 보고 싶다고 하였다. 사영이 걱정을 하며 편지를 써서 나이가 많고 노련한 일꾼 '일정이'를 한양으로 보내었다. 일정이는 예전부터 민첩하고 말을 잘 타서 한양으로 급속히 소식을 가지고 떠났다.

  얼마 안 되어서 일정이가 돌아왔는데, 사위 허장과 딸 지수가 어린 손자를 데리고 함께 왔다. 정부인은 뜻밖에 주포의 향촌에 온 딸과 사위를 보니 너무 기뻤다. 그리고 귀여운 외손자를 끌어안았다. 모두들 반가워서 이야기를 나누기가 끝이 없었다. 하지만 정부인은 몸이 낫지가 않았으니 거동이 불편하였다.

마침 허장이 가져온 물건을 꺼내면서,

"장모님! 제가 편지를 읽어 보고 일정이에게 물어서 불편하신 몸의 증세를 많이 타진해 봤습니다. 그래서 이 약을 구해 왔습니다."

탕약 재료와 함께 다른 약봉지를 앞에 놓았다. 약봉지에는 노란 가루가 들어 있었다. 정부인이 어떤 약인가 하고 물으니 허장이 말하였다.

"예전에 '허준' 어의 영감이 살아 계셨을 때에 궁중에서 일을 하셨고, 지금은 가까이 계시어 부탁을 드리니 이 약을 지어 주셨습니다. 한때 저는 찾아가서 그분의 말씀을 듣다가 약초 처방이 신비해서 많이 흥미를 가졌습니다. 효험이 어떠할지 궁금합니다."

정부인은 탕약을 마시고 며칠이 지나서 식사를 잘하며 많이 좋아졌다. 그런데 통증은 가라앉지 않고 그대로였다. 허장이 노란 가루를 야채와 같은 부추에 넣어서 계속 드시게 하니 통증도 거의 사라졌다. 그래서 정부인이 신통하여 노란 가루가 무엇인지 물어보니, 이국에서 온 귀한 약재가루 강황이라고 하였다. 하여튼 정부인은 회복이 되었으니 다행이었고, 모두 사위 허장의 덕분이었다.

허장이 사영과 사헌에게 말했다.

"여기는 참 풍경이 좋고 내천에 흐르는 물도 깨끗하고 마을 사람들 인심도 너그럽게 보입니다. 엊그제 '십자봉'도 가 보았는데 내가 한양으로 돌아가기 전에 더 많이 둘러보고 싶습니다. 사실 나는 여기 올 때 활을 가져왔습니다. 주변에 산세가 좋다고 해서 사냥을 할 수 있을까 했는데 산짐승은 별로 없어 보입니다."

그러자 사영이 말했다.

"내천을 지나면 요천이라고 하고, 그 물길을 따라가면 커다란 '방장산'이 나오는데, 산세가 많이 험하고 위험하니 그곳보다 여기에서 위쪽에 있는 '수덕봉'에 함께 가 보자!"

근래에 사영이 산 근처를 서너 번 가 본 적이 있다고 하여서 모두들 준비를 하였다. 아무래도 도구가 필요하니 칼을 빌리고, 도끼와 밧줄을 챙겨서 말을 타고 떠났다.

산기슭을 거슬러 올라가 주변의 경관을 살피다가 숨어서 지켜보며 사냥을 시작하였다. 허장은 활을 잘 쏘아서 명중을 시켜 토끼를 잡으니 모두들 허장의 활솜씨에 놀랐다. 그러다가 모퉁이 언덕 아래에서 커다란 멧돼지를 향해 활을 쏘아 세 번을 맞혀 쓰러뜨렸다.

멧돼지가 일어서지 못하고 거의 움직이지 않자 근처까지 사헌이 다가갔는데, 멧돼지가 갑자기 벌떡 일어나서 덤벼들었다. 사헌은 너무 놀라서 뒤쪽으로 달아나다가 그냥 비탈에서 굴러떨어졌다. 그 순간 허장이 뛰어와서 칼로 막으며 멧돼지를 찔러 죽였다. 하마터면 큰일 날 뻔하였다.

허장이 아래로 내려와 사헌을 일으켜 세웠다. 처남을 쳐다보면서 다친 데 없냐고 물어보고 살피니, 팔다리에 타박상을 입고 피가 나는 것 같았다. 사헌이 몸을 조금 비틀거리며 걸으면서 이 정도는 괜찮은 것 같다고 하자, 허장이 말하였다.

"하여튼 다행이긴 합니다만 오늘 사냥을 그만두어야 할 것 같습니다."

그때 뒤쪽에서 머무르다가 성급하게 뛰어서 다가온 사영은 놀라서 두 사람을 바라보고 어리둥절해하며,

"아이구, 동생! 이만한 것이 다행이네!"

허장은 주위를 둘러보고 돌아다니며 약초를 뜯어다가 찧어서 사헌의 상처에 발라 주었다. 상처가 점점 아물면서 덜 아프다고 하였다. 허장이 근심을 하며 물었다.

"다리를 다쳤으니 토끼는 가져갈 수 있는데, 멧돼지를 어떻게 가져갑니까?"

그러자 사영이,

"산 아래까지만 가져갈 수 있으면, 마을에 내가 나무를 하러 일꾼과 함께 가끔 오며 만나는 사람이 살고 있으니 하인들을 시켜서 가져갈 수 있을 것 같다."

고 하였다.

세 사람은 모두 힘을 합쳐 간신히 멧돼지를 산 아래로 가져갈 수 있었다.

그 후에 마을에서는 잡아 온 멧돼지로 잔치가 벌어졌다. 사헌이 허장에게 지금은 상처가 나았다고 하며 물었다.

"허장 매제는 활을 잘 쏘고 힘도 세며 사냥을 잘하니 참 좋네! 어떻게 그렇게 배웠나?"

그러자 허장이 어릴 때부터 아버님을 따라다니고 또 훈련을 했다고 답하자, 사헌이 또다시 물었다.

"그러면 여기에 있는 동안에 우리에게 활 쏘는 법을 가르쳐 줄 수 있겠나?"

"그러시지요! 당장 내일부터 조금이라도 가르쳐 드리겠습니다. 형님들, 나는 사실 글공부보다 이렇게 사는 게 좋아요! 이런 곳에 와서 저 높은 '수덕봉' 아래에 집을 짓고 살았으면 정말 좋겠습니다. 꼭 내년에 그렇게 하고 싶습니다."

옆에서 그 말을 들은 정부인은 다음 날 사위 허장과 딸을 불렀다.

"내 사위가 튼튼하여 사냥을 잘하며 듬직하고, 덕분에 가져온 약으로 건강을 회복했으니 고맙기만 하네! 그리고 내 딸 지수도 웃음을 보이며 건강하여 행복한 모습을 보여 주니 정말 좋네그려!"

부인은 다시 한 번 사랑스런 지수의 손을 잡고 사위를 보면서 흡족해하였다. 그러면서 허장에게 말하였다.

"어제 내가 들으니 이곳으로 오고 싶다고 했는데, 나는 그러고 싶지 않네. 사냥만 하는 것을 원하지 않다는 말이네. 사람은 나이가 들면 가정에 기틀을 잡아야 하는데, 언제까지 글공부를 소홀히 하면서 지낼 것인가? 그러니 글공부를 조금도 멈추지 말고, 내가 당부하니 서책을 가까이해서 사대부 친가들의 마음을 서운해하지 않도록 하세!"

결국 '수덕봉' 아래에 집을 짓는 것은 망상이 되었다.

정부인은 딸 지수와 한방에서 함께 지내면서 잠을 자고, 이런저런 이야기를 하며 즐거워하였다.

"지수야! 나는 그동안 네가 많이 보고 싶었지만 어찌하겠느냐? 무소식이 희소식이라고 하니 참고 지낼 수밖에 없었다."

"어머니, 저도 그랬어요! 무척 많이 보고 싶었습니다. 이제는 아녀자로서 출가외인이니 제가 먼저 나서서 서방님께 말하여 이곳으로 올 수가 없었습니다. 그런데 허 서방님도 평소에 어머님 걱정을 많이 하였습니다. 뜻밖에 일정이 아저씨가 소식을 가지고 왔어요. 허 서방님이 빨리 당장 내려가서 어머님을 뵙자고 하여 너무나 좋았습니다."

한동안 허장은 함께 지내면서 사영과 사헌에게 활 쏘는 법을 가르쳐 주고 다시 한양으로 떠났다.

#28
적성강의 오묘한 쉼터

가을이 되어 사헌이 어머니께 말씀드렸다.

"어머니! 내가 활을 쏘는 것을 배웠으니 나가서 사용을 해 봐야겠습니다. 멀리 주변을 돌아다녀 보고 오겠습니다."

"너의 형 사영이도 함께 갔으면 좋겠다. 어디로 가려고 하느냐?"

"어머니! 우리 가족이 한양에서 이곳으로 올 때 역경 속에 어려움이 많았고, 수레를 끌고 오니 지체가 되어서 서둘렀지만 빠른 길을 택하여 오지를 않았습니다. 전주관아에서 형벌을 받지 않고 도망한 사람들을 잡아들인다 하여 자칫 오해를 가져올 수 있으니 우회하여 순창 길로 돌아서 왔습니다. 저는 그때의 그 길이 새로워 보였습니다. 그래서 그쪽으로 가 보고자 합니다."

그러자 어머니께서 당부하셨다.

"그 길은 산이 험하고 인적이 드문 곳이니 잘 살펴보고 조심해야 한다."

다음 날, 사헌은 사영 형님과 함께 일찍 주먹밥과 도구를 챙겨 활을 메고 말을 타고 출발했다. 두 사람은 행인이 다니지 않는 산속 오솔길로 계속 들어가서 말을 매어 놓고 내려다보니, 저만치 순창으로 나가는 길목이 멀리 보이며 좁고 외길이었다.

　사헌이 그곳을 지나올 때를 떠올렸다. 사람들이 말하길, 어두워지기 전에 길을 빨리 빠져나가야 한다고 했었다. 밤에는 호랑이가 나와서 사람을 물어 갔다고 하여 다니지를 않는다는 것이었다. 그런 생각을 하다가 사헌이 말했다.

　"형님! 우리가 저 길을 지나서 올 때를 기억합니까? 저기까지 오는 데 어머니와 형님도 나도 모든 식구가 고생을 참 많이 했습니다. 형수님께서도 아이를 가졌는데 굶어 가며 아무것도 먹지 못하시어 고생이 아주 심했습니다."

　그러자 사영이 그때를 떠올리며 말했다.

　"모두가 그러했다. 너도 태어난 아이를 데려오는 데 정말 힘들고 어려웠다. 일꾼을 데려왔어야 하는데 어머니께서 거처할 곳이 없다고 한양에서 내보내고 또 나중에 오라 하시고, 순복 아주머니는 큰아이를 데리고 오다가 몸이 아프니 어떻게 하겠느냐! 여자들은 수레에 태우고 우리는 종일 걸어서 많이 왔지."

　"그런데 어머니께서는 도중에 가족이 기다리는 일정 아저씨를 미리 내려가서 있으라 하고 보내, 저곳까지도 무척 힘들게 왔는데 어두워지니 빨리 길을 지나가야 했습니다."

　"그래, 맞다! 더구나 모두가 점심을 굶어서 배가 너무 고픈데도 마땅치가 않고 어쩔 수가 없었다. 그런데 사헌아! 내가 어머니를 걱정해서 위에 덮어 내린 장막을 젖히고 가끔 모습을 보았는데 전혀 내색을 안 하시고 계셨다. 그러니 어머니께서는 잘 참으시면서 강직하신 분이시다.”

그러자 사헌이 답했다.

“제 생각으로는 어머니께서는 전쟁 중에도 굶으신 적이 많아서 그런 정도의 상태는 아무것도 아닐 것입니다. 나는 지금도 기억이 생생합니다. 떠나온 첫날에 외딴 고을에 들어가서 어렵게 부탁하여 잠을 청하는데 애기가 밤에 계속해서 시끄럽게 마구 울어 대고 그치지 않으니, 나와 아내가 그 집 사람들에게 미안하여 어쩔 줄을 모르고 있었습니다. 그때 어머니께서 오셔서 애기를 달래 주어 다행히 잠을 잤습니다. 그리고 길 위에서도 나는 수레를 소가 끌다 보니 많이 늦어 혼이 났습니다.”

“그것은 너의 식구가 무거운 짐을 실었으니 그렇게 된 것이다.”

“형님은 어머니와 가족을 싣고도 말 수레이고, 사성 형수님도 말 수레인데 책을 많이 싣고도 잘 갔습니다. 그래서 천천히 가는 소를 아내가 많이 못마땅해하였습니다.”

그러자 사영이 웃으면서 말했다.

“그럴 수도 있겠구나! 그래서 형수님이 너에게 여기 큰 이 말을 너에게 주지 않았더냐! 매우 튼튼해 보인다.”

이에 사헌이 웃으며 답하였다.

“예! 타고 다니기가 빠르고 좋습니다.”

"네가 가져온 소는 우리 가족 모두가 계속 사용해야 하니 네가 잘 먹여서 길러야 한다."

"예, 형님. 우리 식구가 식량이 없어 먹지를 못해도 소는 제가 잘 먹이고 있습니다."

두 사람은 활을 들고 산속으로 들어갔는데 산짐승이라는 것은 보이지가 않았다. 그래서 돌아서 가려고 하는데 무엇인가 지나가는 것을 보니 사슴이었다. 사슴이 멈추기를 주시하였는데 다가가서 활을 쏘기도 전에 사라져 버렸다. 사영과 사헌은 멍하니 헛웃음만 나왔다. 사헌이 민망한 듯 웃으며 말했다.

"형님! 우린 기술도 부족하고 경험이 약하니 오늘은 허탕을 칠 것이 뻔합니다."

하자 사영이 그럴 것 같다며 내려가자고 하였다. 두 사람이 말을 타고 다른 길로 내려왔는데, 금방 큰길이 나왔다.

"형님, 좀 더 찾아보면 집으로 가는 더 빠른 길이 있는 것 같습니다."

"그렇다! 그리고 큰길도 말을 타고 달리면 시간도 적게 걸릴 것이다."

두 사람은 순창 길을 말을 타고 가다가 다시 산속으로 들어가서 올라갔다. 주위를 살펴보니, 조그만 언덕 모퉁이에 돌을 쌓아 놓고 그 위에 시루를 엎어 놓고 구멍에다 쇠가락을 꽂아 놓은 것이 보였다. 사영이 말했다.

"저것을 보라! 내가 들은 이야기인데, 근처에 호랑이가 있다는 표시라고 한다. 저것은 호랑이가 잡아먹은 사람의 무덤이다."

"왜 저렇게 해 놓았습니까?"

"호식총이라고 하는데, 범에 물린 사람의 혼귀를 저렇게 가두어서 못 돌아다니게 막는 것이다. 한번 잡아먹힌 사람의 혼귀는 돌아다니며 범을 도와준다고 하였다."

그 말을 듣고 사헌은 놀라며 답했다.

"그럴듯한 이야기네요. 호랑이가 분명 있나 봅니다. 형님! 우리가 호랑이를 만나면 사냥 기술이 없으니 이곳을 벗어나는 것이 좋을 것 같습니다."

두 사람은 그곳에서 다시 큰길로 나왔다. 한동안 가다가 산비탈을 타고 올라가서 말을 세우고 커다란 나무 아래에서 쉬고 있는데, 내려다보니 경관이 아름다웠다. 앞에 보이는 전경이 시원하게 트이고 넓은 들녘에 양쪽으로 흐르는 물줄기가 근사해 보였다. 몇 집이 안 되는 조그만 마을이 안락하게 자리를 잡고 있었다. 사헌이 나무에 기대어 말했다.

"형님! 저쪽 아래가 정말 근사하게 보입니다. 마을도 그렇고 터전이 농사를 짓기에 참 좋아 보입니다. 우리가 여기 그늘에 앉아서 주먹밥을 먹고 쉬었다 갑시다."

사영이 나무를 올려다보며 답했다.

"그렇게 하자. 그런데 너 이 나무가 무엇인지 아느냐?"

"글쎄요?"

"괴화로 불리고 회화나무라고 한다. 내가 한양 궁전 근처에서 꽃을 보았는데 상당히 많이 피고 보기에 근사하다. 주위에 이 나무가 있으면 나쁜 기운을 물리치고 선한 선비를 보호해 주어서 심는다는 것이다."

"형님은 어떻게 잘 아시오?"

"내가 한양에서 사성 형님과 돌아다닐 때 보고 들어서 안다."

그러자 사헌이 나무 열매를 손가락으로 가리키며 말했다.

"형님, 이것 보세요! 나무 열매가 주렁주렁 달린 모습을 보니 어머니께서 가지고 계신 염주처럼 열려 있습니다."

"그렇구나! 나는 그때 꽃은 보았지만 열매를 잘 못 보았다."

"그런데 여기는 참 오묘합니다. 저쪽을 보세요! 마치 산세가 옆으로 서적들을 쌓아 놓은 것같이 보입니다. 돌아서서 앞쪽은 찬란히 흐르는 물줄기 안쪽으로, 불과 10채가 안 되어 보이는 집들이 너무나 단란하게 놓여 있습니다. 주위의 넓은 들녘도 참 좋아 보입니다. 지금 이 나무 아래 앉아 있으니까 마음이 포근하고 좋습니다."

"그렇구나! 정말 이 자리가 그림을 쳐다보고 공부하는 서재처럼 보인다."

그렇게 잠시 동안 쉬다 보니까 졸리고 목이 말랐다. 사헌이 말했다.

"우리 마실 물이 떨어졌으니 내려가서 마을에 들려 얻어서 갑시다."

그렇게 마을을 향해서 가는데, 보이지 않았던 나무들이 옆으로 숲을 이루고 있었다. 사헌이 말했다.

"형님! 여기는 그 '괴화나무'가 무척 많습니다. 그러니 마을에 잡귀들이 얼씬도 못할 것 같습니다."

하니 사영이 '그렇다!' 하며 크게 '하하하!' 웃었다.

두 사람이 마을에 들어가서 가까이 있는 집이 너무 조용하고 울타리와 입구를 살펴보아도 아무도 없는 것 같았다. 그때 한 노인이 옆집에서 나오면서,

"이 집은 주인이 없습니다."

하였다. 사냥을 나와서 물을 얻어 가려고 왔다고 하니, 노인이 들어오시라고 하였다. 그런데 시원한 곡주를 가져오더니 쉬어 가라고 하며,

"이 집은 아주 오래전에 급해서 이사를 나갔는데, 나에게 집을 부탁하고 십여 년이 지나도 아직까지 한 번 소식 없으니 아무 쓸모없는 집입니다. 낡아서 파손만 되었어요. 누구라도 와서 산다면 망가지지 않고 걱정이 없을 것인데…."

라고 하였다. 사영이 주변의 경치가 좋다고 하면서 흐르는 물과 산에 대해서 물으니 노인이 말했다.

"물은 적성강이고 볼거리가 많고, 산은 '화산'인데 아래쪽에 '화산 옹바위'가 나라에 재난이 있을 때마다 색이 변하니 참 신비합니다. 그리고 그곳으로 지날 때는 반드시 말에서 내려서 공손히 절을 하고 가면 화를 면해 줍니다."

그 말을 들은 사영은 의아하기만 하였다. 그리고 돌아오는 길에 사영이 말했다.

"우리가 나중에 다시 한 번 와서 그 바위를 보고 가자!"

"그래요! 이곳에 온 것이 참 잘되었습니다. 그런데 형님, 저는 이곳에 와서 사는 것도 좋아 보입니다. 땅을 개간하고 농사를 지으면 잘될 것 같습니다."

하며 다시 또 와서 알아보겠다는 사헌의 말에 사영이 놀라 물었다.

"그러면 이곳으로 이사를 오겠다는 것이냐?"

"예! 이사를 오게 된다면 살면서 나중에 집을 새로 지을 것입니다. 그리고 형님이 알려 준 '괴화나무'도 가져와서 집 앞에 심을 것입니다."

그러자 사영이 '하하하!' 하고 크게 웃으며 말했다.

"너는 정말 이곳에 마음을 두는 것 같구나!"

"예! 그렇기도 합니다. 또 생각을 해 보니 형님은 아호를 벌써 '만은'으로 하였으니 저는 영험한 '괴화나무'의 뜻을 담아 호를 '괴정'으로 해 보려고 합니다."

"그래! 그것이 참 좋을 것 같다."

두 사람이 집으로 돌아가던 중, 사영은 문득 어머니를 떠올렸다.

"우리가 사냥을 왔는데 아무것도 잡지 못했으니 어머님이 실망을 하실 것 같다."

"그래요! 토끼라도 잡아서 가야 합니다."

그리하여 다시 숲속으로 들어가서 살피고 기다렸는데 토끼들이 사방으로 뛰니 각자가 하나씩 쫓다가 허사가 되었다. 사헌이 말했다.

"형님! 이러다가 한 마리도 못 잡을 것 같습니다. 이렇게 합시다. 우선 토끼가 모르게 접근하고 숨어서 기다리고 한 마리에 대해서만 형님과 내가 동시에 쏘는 것입니다."

그러자 사영이 무릎을 탁 치며 말했다.

"그래! 좋은 방법이다."

그래서 참고 기다리다 마침내 겨우 커다란 한 마리를 잡아서 가져갔다.

집으로 돌아온 사헌이 어머니께 그곳에서 농사를 지으면 잘될 것 같다고 말씀을 드리니, 어머니가 고개를 끄덕이며 답했다.

"나도 가서 직접 보고 싶구나! 땅을 개간할 때에 소가 일을 잘 하면 편리하다고 하지만 그 땅이 비옥해야 한다. 또 그렇다 하더라도 강물이 넘어 들어오면 모든 농사가 허사이니 좀 더 잘 눈여겨보며 생각해 보자!"

#29

다행스러운 기우

1622년 여름이 지나는 날, 사영이 어머니께 문안을 드리려고 아침에 왔다. 정부인이 사영에게 물었다.

"네가 오늘은 해가 아직 뜨지도 않았는데 아침 일찍부터 웬일이냐?"

그러자 사영이 걱정스러운 얼굴로 답했다.

"어머니! 제가 어젯밤 꿈이 뒤숭숭하여 걱정되어 왔습니다."

"난 아무 이상 없다. 괜찮다. 너의 아버지 기일이 팔월 열하루이니 며칠 후인데도 준비를 하나도 안 했으니 마음이 심란해서 그런 것 같다. 그러니 오늘부터 알아보고 준비를 해야 하지 않겠느냐?"

"예! 어머니! 제가 조금 늦었습니다. 예전에는 제가 먼저 서둘렀는데 요사이 다른 일 생겨서 바빠서 그리하였습니다."

"그래! 오늘은 날씨가 좋을 것 같으니 나와 함께 남원에 가서 둘러보고 필요한 것을 사서 가져오자."

이에 사영이 눈을 크게 뜨고 물었다.

"어머니께서도 가신다는 말씀이신가요?"

"그래! 나도 오랜만에 구경하며 돌아보고 싶다."

"그런데 어머니, 아직도 말을 타실 수 있으세요?"

"내 걱정을 너무 하지 말고 집에 말이 하나뿐이니 이웃에 가서 말을 한 필을 더 빌려 오거라! 우리 단둘이만 가는 것이니 누구도 함께 따라가지 말고 준비를 하여 일찍 출발하자."

정부인은 아직도 말을 잘 탔다. 사영이 어머니가 말을 타는 모습을 보며 물었다.

"어머니, 괜찮겠습니까?"

"난 너의 아버지보다 말을 더 잘 탔다. 그런데 넌 똑같이 내 걱정을 하는구나!"

"어머니께서 정령 그리하셨습니까?"

"그래! 난 어릴 때부터 너의 외숙과 말을 타고 많이 돌아다녔다."

그러자 사영이 놀라는 표정을 지어 보였다.

"저는 어머니께서 그러하신 줄 몰랐습니다."

"그렇지만 오늘은 천천히 가자!"

정부인과 사영이 남원에 들어서서 말을 매어 놓고 저작거리를 돌아보며 제수용품과 새로 나온 목기그릇을 사서 나오다가 한쪽에서 아주머니가 천도복숭아를 놓고 팔고 있는 모습을 보았다. 제법 먹음직스럽게 보였다. 천도복숭아는 거의 철이 지나서 끝 무렵인데 아직까지도 나와 있는 것이 신기하였다. 정부인이 사영을 불렀다.

"아직도 복숭아가 있다니…. 사영아! 저기 복숭아를 사서 가져 가자."

그러자 사영이 놀라서 물었다.

"어머니, 제사상에는 복숭아를 못 올리지 않습니까?"

"그래, 맞다. 복숭아는 귀신을 물리친다고 하여 상에 놓지 않는 다. 그런데 가져와 보거라! 먹음직하니 점심에 주막에서 요기하면 서 함께 먹을 수 있겠구나!"

"그럼요! 빨리 가서 사 오겠습니다."

사영은 어머니께서 드시고 싶다는 생각에 상기되어서 복숭아를 사서 보자기에 담아 왔다.

남원의 요천 쪽을 돌아서 나가니 광한루가 나왔다. 아주 불에 타 서 부서지고 볼품없는 폐허가 되어 있었다. 정유재란 때 왜적에게 불태워진 후 그대로 방치되어 있었다.

"어머니! 아직까지도 광한루가 그대로 있습니다. 아주 보기가 흉 합니다."

"왜적이 쳐들어와 남원에서 크게 싸움이 있어 우리 군사가 처참 히 패하였다. 많은 사람을 죽이고 왜적이 불사른 것이다. 그뿐만 아니라 왜적들은 죽은 사람과 산사람까지 조선 사람들의 코부터 무 조건 베어 갔으니 얼마나 가슴이 아프고 처절했겠느냐! 자, 여기를 빨리 벗어나자!"

하고 길 밖의 부락 쪽으로 가는데, 통곡 소리가 들리었다. 길에서 한 아이가 구슬프게 소리 내어 우는 모습을 사람들이 쳐다보고 있었다. 옆에는 거적으로 사람이 덮여 있는 것 같았다. 정부인은 그 모습을 보고 마음이 갑자기 울컥하여 사영에게 지시하였다.

"네가 가서 저렇게 슬프게 울고 있는데 잘 알아보거라."

사영이 잠깐 다녀오더니 사연을 말씀드렸다.

"어머니가 돌아가셨는데 사는 집이 없고, 멀리서 이모가 온다고 하였답니다."

정부인은 너무 애절하게 우는 아이의 모습을 보고, 예전에 피난 길에서 아무것도 먹지 못하고 굶주리고 길에 누워 있는 사람들 생각에 기가 막히고 애통한 마음에 한숨이 나왔다. 그래서 사영에게,

"사영아! 너 가서 여기 복숭아 보자기를 아이 옆에 갖다 놓고 오거라!"

하였다. 사영은 어머니 말씀을 그대로 따랐다. 곧이어 주막에 들러서 한적한 자리에서 식사를 하던 중, 사영이 어머니께 말씀 드렸다.

"어머니께서 천도복숭아를 모두 주어 버렸으니 드시지 못해서 아쉽습니다."

그러자 정부인이 말했다.

"때로는 그래야 한다. 마지못해 해서는 안 되는 것이다. 나서는 일에는 자기 생각만 하면 안 된다. 자신의 욕구를 버리면 앞날에 마음을 한결 더 편하게 지낼 수 있는데 그렇지 못해서 후회하는 경 우가 많다. 복숭아를 안 먹었다고 해서 나는 아쉽지가 않은데 네가

먹고 싶다는 생각을 못했으니 참아 보거라."

"저도 괜찮습니다. 어머니 말씀을 새겨듣겠습니다."

주막에서 식사를 마치고 돌아오는 길에 정부인이 마을 아래쪽을 가리키며 말했다.

"오늘은 곧바로 가지 말고 마을 아래쪽으로 돌아서 가자! 집을 가깝게만 가다 보니 아랫동네는 자주 가지 않게 되는구나."

아랫동네에는 '남양 방씨'들이 많이 살고 있었다. 같은 마을이나 다름없는데 간격이 있으니 길 하나를 넘어 두고 왕래가 많지는 않았다. 서로가 얼마 안 되는 집들이 모여서 있지만 동쪽에 흐르는 냇물을 마주 보며 부락을 이루고 있었다.

근처를 지나가다가 말에서 내려 주위에 운치가 좋은 '사계정사'를 오랜만에 구경하였다. 정자 안에 문이 닫혀 있을 때가 많은데 뜻밖에 '만오 방원진' 선생을 만났다. 정부인이 반갑게 인사했다.

"만오 양반! 오랜만이십니다."

"정부인께서 여기에 웬일이십니까? 별일이 있으신가요?"

"아닙니다."

하면서 정부인은 아들 사영을 인사시켰다. 만오 선생이 사영을 알아보고는,

"잘 지내는가, 동생!"

하면서 정부인을 향해 물었다.

"저의 당숙어른으로서 사돈지간이신데 동생이라고 불러야 하겠

지요?"

정부인이 웃으며 대답하였다.

"그런가요! 저희는 남원에 들렀다가 이곳으로 지나가는 길입니다."

만오 선생이

"바로 가까운 거리인데 자주 만나 뵙지 못하니 송구합니다."

하고 말하자, 정부인이

"오늘은 이곳에 나와 계시는군요!"

하였다.

"손볼 게 있어서 둘러보고 쉬는 중입니다."

"그러신가요! 저희가 옛적에 이곳으로 내려와서 지낼 때는 여기를 자주 다녔는데 망가져 있는 흔적만 보고 무엇인지 몰랐습니다. 다시 한양으로 가서 한동안 지내고 내려와서 보니 이렇게 건사한 정자를 보게 되었습니다. 아주 좋아 보이고 잘하셨습니다."

그러자 만오 선생이 닫힌 방의 문을 열며 말하였다.

"저의 조부께서 지으신 것인데 임란 때 불에 타서 흔적만 남았습니다. 제가 10여 년 전에 한양에서 내려와서 기유년에 고심을 하여 다시 지었습니다. 그리고 보수를 서너 번 하였지요. 오늘은 제가 있으니 들어와서 둘러보시지요."

"그럴까요! 고맙습니다."

정부인이 이렇게 대답하며 사영과 함께 들어가 보니, 벽에 장식이 잘되어 있고 족자들이 걸려 있는데 글씨들이 나왔다. 정부인이 자세히 보며 말하였다.

"여기에 조식과 이항 선생의 글이 나와 있군요!"

그러자 만오 선생이 웃으며 대답하였다.

"저의 조부님께서 관계를 갖고 존중하시는 분이십니다."

"저의 시아버님께서도 아주 어려서부터 아주 두터운 사이였다고 하였습니다."

"예! 저도 동고 선생께서 그러셨다는 이야기를 익히 많이 들었습니다."

정부인이 나오며 만오 선생에게 한 번 더 감사의 인사를 드렸다.

"만오 양반께서 참 좋은 곳에 이렇게 형체를 새로 갖추어 놓았으니 장차 많은 덕을 보실 것입니다. 남원의 광한루는 너무 파손되고 흉측해서 아직까지도 보는 사람에게 인상을 찌푸리게 합니다. 이렇게 새 모습으로 다시 해야 하는데, 언제 지을 것인지 궁금해지고 안타깝습니다."

그것을 듣고 만오 선생이 말하였다.

"저도 그렇습니다. 곧 새로 부사가 도임한다니 제가 다시 진언을 올려 보겠습니다."

정부인이 떠나면서 다시 한 번 인사하였다.

"오늘 고맙고 모처럼 다행으로 잘 보고 갑니다."

"건강히 지내시고 또 찾아뵙겠습니다."

만오 선생과 헤어진 후, 사영이 어머니께 말했다.

"저도 사계정사 안쪽을 들어가서 본 것은 처음입니다. 그리고 저는 동고 할아버지께서 조식과 이항 선생하고 친분이 어떠셨는지 잘 모릅니다."

"너의 조부가 태어나고 어릴 때에 이야기인데 나도 내 아버님을 통해서 들었으니 더 알 수 있도록 해 보자!"

"정자를 잘해 놓았습니다. 만오 어른께서 재산이 많으시다는 데 저렇게 짓는 것이 당연하다고 봅니다."

"세상에는 일을 다 하기까지 당연한 것은 아무것도 없다. 처음부터 마음과 뜻이 없는데 누가 일을 시작하겠느냐? 소망을 갖고 책임을 느껴야 한다. 그리고 아무리 재산이 많더라도 저 일을 혼자서 하면 되겠느냐? 설상 마을에 정자를 세우는 것을 혼자서 할지언정 사람들에게 뜻을 구하고 서로 합심을 해야 성사되는 것이다."

그러면서 정부인은 덧붙여 말했다.

"여기에 마을이 매화나무와 느릅나무가 많아 '유매'라고 붙여진 이름이니, 마음을 정하여서 잊지 말고 이곳에서 조금 떨어져 있는 우리 집 마당에도 앞으로는 매화나무를 가져다가 많이 심어 보자!"

집에 돌아와 저녁을 먹고 정부인이 사영에게 말하였다.

"어젯밤 꿈이 뒤숭숭했다는 것을 말해 보거라! 그래 무슨 꿈을 꾼 것이냐?"

"예, 산기슭에 목화밭으로 들어갔는데 목화가 복숭아로 변했습니다. 그래서 복숭아를 따려고 했는데 웬 도둑 같은 사람이 나타나서 바위에 앉아 손을 흔들면 꼼짝 못하고, 이리저리 끌려다니다가 갓과 옷이 벗겨지고 머리가 헝클어지며 넘어졌습니다. 제가 넘어져서 일어서지도 못하고 끙끙대고 누워 있는데, 지나가는 흰옷을 입은 사람이 저를 데리고 나가서 갓과 옷을 찾아서 가져다주었습니다."

그러자 정부인이 놀라워하며 대답했다.

"참! 별스런 꿈이지만 오늘 우리가 돌아다닌 것을 보면 일리가 있겠구나!"

대지의 극복

비가 너무 많이 와서 냇물이 불어나고, 마을에 논밭이 잠겨 온통 물난리가 났다. 마을 사람들이 나가서 물길을 트고, 겨우 농작물을 건져 내어 살리려고 하였으나 많은 손실을 입었다. 사람이 다니는 큰길도 형체를 알아볼 수가 없으니 오랫동안 살아온 사람들도 이런 일은 처음이라고 하였다. 아주 온화하고 살기에 적합한 곳이었는데, 큰바람이 몰아치고 한꺼번에 비가 쏟아지니 천재지변을 알 수가 없었다.

정부인은 논밭을 일부라도 제 모습으로 복구를 하니, 안도의 한숨을 돌리고 앞으로 해야 할 일을 근심하였다. 마을에는 삼베 옷감을 짜서 좋은 수입을 얻을 수 있는 삼을 심어 놓은 밭이 많았는데, 정부인과 아들 가족은 높이 자란 삼이 비바람에 쓰러지지 않게 삼밭 둘레를 돌아가며 막대기를 촘촘히 꽂아 줄을 묶고 서로 교차하여 연결해 놓은 것이 다행이었다.

자신의 삼밭을 그렇게 해 놓은 곳도 있었지만 대부분 소홀히 한 탓에 삼들이 넘어져 망가졌다. 많은 사람들이 한숨을 쉬었다. 삼을 잘 재배하여 삼베를 내다가 팔아야 생활을 잘 지탱할 수 있는데, 관아에서 흥정하기가 어렵게 된 것이다. 그렇다 하더라도 사람들은 이런저런 복구에 온갖 힘을 쓰고 있었다.

논밭을 다시 정리하고 채소를 가꾸며 농사일은 지속되었다. 가축을 기르며, 그래도 남아 있고 괜찮은 삼을 베어 쪄서 뜨거운 여름에 피삼을 만들었다. 금년 가을은 농사가 안되어 추수가 예전에 비해 보잘것없었지만 집집마다 세간살이를 하나라도 아끼고 식량을 절약하며 살아갈 수밖에 없었다.

정부인은 지난 긴 겨울에도 길쌈을 하며 하루 종일을 보냈는데, 실을 뽑으면서 옷과 무릎이 닳아 살갗이 벗겨지니 아들과 며느리들이 크게 걱정을 하였다. 길쌈을 밤새워 가며 하는 모습을 마을 사람들이 보고 들으니, 그들은 가슴이 찡하고 눈시울이 뜨거웠다. 그러면서 보다 나은 삼 재배에 희망이 부풀어 올랐다.

해가 바뀌어 1624년이 되고 아직도 추위가 매서운데 갑작스런 소식이 정부인에게 들려왔다. 친정의 식구가 '이괄의 난'에 연루되어 형신을 당했다는 것이었다. 어찌 된 영문인지 알 수가 없고, 발만 종종 구르면서 가슴속에 슬픔과 아픔이 북받쳐 일어났다.

또 형신의 화가 이곳까지 미친다면 어떻게 대처를 할 수가 없고, 의금부에서 정부인을 잡으려고 온다면 아들의 가족까지 위험할 텐데, 숨을 죽이며 기다려도 아직은 그리하지 않는 것 같았다. 정부인은 사실상 피신을 하고자 하는 마음도 없었다. 그것이 무엇이든 지 받아들이고 떳떳하게 형신도 감수하려고 했으나, 그 후로 날들 이 지나가면서 어떻게 되었다는 소식을 알 수가 없었다.

옛날에 친정아버님이 돌아가신 후에는 오랜 세월 동안을 오라버 니들과 소식을 끊고 지냈으니 마음이 더 안타깝기만 하였다. 초조 하고 답답하지만 어떻게 하겠는가! 나라의 죄책이 여자는 출가외인 이기에 거의 남자만이 참형을 받는다지만, 그래도 위험할 수가 있 는데 더 이상 연락이 오지 않으니, 딸자식까지 잡으려고 불러내지 는 않는 것 같았다.

정부인은 애석한 아픔을 혼자서 마음속에 담아 두고 하늘의 뜻을 묵묵히 지켜보면서 봄 농사일을 준비하였다. 그런데 진달래가 한 창 피는 날에 논밭을 둘러보고 집에 오니 이번에는 뜻밖에 기쁜 소 식이 들려왔다. 귀양을 간 큰아들 사성이가 풀려나서 손자 필진이 와 함께 온다는 것이었다. 정부인은 너무나 감격하여 두둥실 하늘 을 날아갈 것 같았다.

'그래! 이게 얼마 만인가!'

광해군이 폐위되니 많은 것이 다시 바뀌었고 인조임금이 광해군 때에 오랫동안 귀양을 간 사람들을 방면한 것이다. 새로운 나라가 된다고 하였다. 그래서 사성과 손자가 돌아왔는데, 정부인과 형제 들이 모두 나가서 맞이하며 반가워하였다. 며느리인 사성의 처는 남편과 아들이 무사히 살아서 돌아온 것에 감격의 눈물을 흘리었 다. 모두들 천만다행이라고 하였다.

그런데 아들 사성의 모습을 보니 형색이 많이 바뀌어 있었다. 고생을 너무해서 그런지 예전의 상태가 아니었던 것이다. 사성이 어머니 정부인에게 큰절을 올리고 나니 청년이 된 필진이도 절을 드렸다. 그래서 정부인이 필진이를 가까이 보고자 하였는데 사성이 말했다.

"어머님! 필진이는 지금 알 수 없는 괴병을 앓고 있습니다. 모두 저의 불찰입니다."

정부인이 깜짝 놀라며 물었다.

"그거 큰일 났구나! 어떻게 많이 아프냐?"

"지금은 괜찮습니다. 하지만 갑자기 고열이 나고 견디지 못하고 몸을 자유스럽게 움직이지도 못합니다."

"어떤 병인지 큰일이구나!"

정부인은 몹시 염려하였다.

하여간 귀양을 간 사람이 돌아왔으니, 마을에는 경사가 났다. 정부인은 아들들을 불러 집에 남아 있는 곡식과 금전을 모아서 떡과 음식을 만들어 마당에 잔치를 베풀고 마을 집집마다 떡을 돌리게 하였다. 작년에 홍수로 인해 농사를 망친 사람들이 잔칫집에 몰려들었다.

정부인은 모인 마을 사람들에게 아들 가족을 인사시키고 나서,

"작년에 농사 피해를 경험하였으니 모두들 올해는 어려운 처지를 함께 극복해 나가야지요. 생각건대 우리가 요즘 삼을 파종해야 하

는데, 비가 오고 늦었지만 우리 마을에 삼 재배를 더욱 많이 하는 게 어떠하신지요? 앞날에 우리 마을이 살아갈 방도는, 목화를 많이 해도 값이 덜 나가니, 삼 재배가 가장 좋다고 생각이 듭니다. 앞으로는 삼굿는 삼솥을 냇가에 더 크게 만드는 것이 좋을 것입니다."

그러자 사람들이 수긍을 하는 모습을 보였다. 이에 정부인이,

"지금은 우리가 서로 합심해서 돕고 살아야지요. 이번에 저희 집에서는 삼을 상당히 많이 심을 것입니다. 삼을 찧어 벗기면 피삼을 작년에 삼밭에 피해를 보신 분께 나누어서 드리고자 합니다."

하니 모두들 고마워하였다.

사실 삼은 파종을 하고 나면 목화를 따는 것과 달리, 밭에 높이 자란 삼을 베는 것부터 장마가 지나고 한창 더운 날에 삶아 껍질을 벗기는 일도 쉽지가 않는데, 그 껍질을 여름 햇볕이 뜨거울 때 잘 말려야 한다.

실을 내고 천을 짜는 것은 손이 많이 가고 과정이 만만치가 않다. 하루 이틀 걸리는 일이 아니고 시간이 나면 끊임없이 베를 짜야 한다. 여인네들은 겨울철에 면포와 삼베를 짜는 데 온종일을 보낸다. 넉넉하지 않은 살림을 지탱하는 데는 어쩔 수 없이 길쌈을 해야만 도움이 되었다.

무더운 여름날이 되고, 삼가마에서 꺼낸 삼을 마을 내천 물에 담그고 식혀 굳기 전에 조속히 껍질을 벗겨야 하는데 일손이 많이 부족하였다. 껍질을 벗기는 일은 주로 여자들의 몫이라서 정부인은 팔소매를 걷어붙이고 바쁘게 움직였는데, 모인 마을 여자들이 이

야기를 하였다.

"연세가 많으신 부인께서 손수 나오셔서 너무나 일을 많이 하시니 저희가 송구하고 민망스럽습니다."

그러자 정부인이 자신이 일하는 것이 당연하다는 듯 말하였다.

"배고픔을 잊고자 일을 하는데 신분의 귀천이 어디가 있고 남녀가 따로 있겠습니까? 우리네 조상님이신 단군께서도 살아가기 위해서 일을 많이 하셨습니다. 다만 아녀자로 태어났으면 지켜야 할 도리가 있습니다만, 지금은 그런 것을 가리고 일을 하는 때가 아닙니다. 평소에는 남정네와 달리 행동을 해야 하더라도, 일하는 것은 사람이 먹고 생활하며 살아가는 이치로서 신성한 것입니다. 우리 모두가 힘을 함께 모으고, 또 해야 하는 일을 미루는 것은 올바르지 않습니다."

#31
향천에 흐르는 훈풍

정부인의 하루하루가 쉴 새 없이 바쁘게 지나갔다. 1624년의 상반기는 이른 봄부터 닥쳐온 안타깝고 슬픈 소식도 있지만, 큰아들 사성이 풀려난 기쁨과 논밭에 곡식을 심고, 늘어난 삼밭 일을 거의 마치니 마음이 점점 진정되었다. 마을 사람들도 봄에 좀 더 땅을 넓혀 개간을 하고, 비탈을 평평하게 넓히고 삼을 더 많이 파종하여서 예전보다 일거리가 많아졌다.

유난히 푹푹 찌는 여름인데도 분주하게 움직이니 일손이 많이 부족하였어도 삼베 농사를 무사히 끝마쳤다. 괴정리에 사는 아들 사헌은 언제나 드나들며 어머님께 힘을 더하고, 마을 아래 흐르는 내천에서 마을 사람들이 삼을 삶을 때 도와주며, 뜨거운 열기도 잊고 일을 하니 삼베 농사가 작년보다 잘되었다.

늦여름이 되어서 조금 여유가 있을 때에 소식이 들어왔다. 동계 선생이 남원에 왔다는 것이었다. 정온 동계 선생은 제주도에 귀양을 가서 10년을 보내고 풀려났는데, 남원에서 일시적 부사직을 마치고 쉬고 있다고 하였다. 정부인은 아들 사영과 사헌을 불렀다.

"너희들이 올바른 본보기를 받고 학문의 뜻을 기르는 지덕을 높여야 하는데, 듣자 하니 근래에 도학이 높으신 정온 동계 선생이 거창에서 나와서 남원에 계신다고 한다. 내가 서한을 넣을 것이니 찾아가서 배알토록 하라."

서한에 담긴 뜻을 알게 된 동계 선생은 사영과 사헌을 받아들이고 이르기를,

"그대들의 자당님은 금세의 맹모와 같다."

하며 머무르고 있는 동안 함께 지내도록 해 주었다. 정부인은 소식을 받고 고마워하며 그곳에서 필요한 짐을 꾸려서 올려 보냈다.

큰아들 사성은 귀양에서 돌아왔지만 몸이 약하니 걱정이 되었다. 비록 과거에 급제를 한 적은 있지만 앞날이 많이 염려되었다. 강한 정신력 속에서 생활을 하면 체력이 강화되는데도 빈약함을 주는 것 같았다. 하지만 사성은 스스로 책을 읽고 공부하는 것을 게을리하지 않고 열중하였다.

그런데 어느 날, 사성이 모처럼 건넌방에 쌓여 있는 오래 묵은 서적을 정리하니 별별스런 책들이 쏟아져 나왔다. 그리고 한쪽의 책자 주머니에서 아주 낡고 오래된 노비문서가 나왔다. 그래서 사성은 어머님께 가져다드렸는데, 벌써 관계가 없는 자들의 지나간 옛날의 것이었다.

그동안 집안일을 많이 하였었는데 이제는 복창이와 순복이도 세

상에 없고, 집을 떠나가서 멀리 살고 있는 일정이도 관련이 없었다. 정부인이 그것과 함께 다른 문서를 가지고 나가서 현재 일하는 사람들을 불러서 모아 놓고 말하였다.

"여러분들이 지금까지 우리 집에서 많은 일을 하고 수고해 왔으니 내 마음은 참 고마울 뿐입니다. 우리는 모두 다 함께 지내고 살아가는 똑같은 사람이고, 또 지금 우리 집의 형편이 그렇게 살아가야 할 처지에 놓여 있습니다. 오늘 나는 여러분의 호적이 담긴 이 문서를 찾아서 보았는데, 우리 집에서는 앞으로 이것이 소용이 없습니다. 그러니 불태워서 없애 버리겠습니다."

부인은 문서에 불을 붙이면서 말을 이었다.

"앞으로 여러분은 나와 함께 더 일하고 살고 싶으면 여기에 있어도 됩니다. 다른 곳으로 가고 싶으면 떠나시오!"

그러자 하인들이 너도나도 말하였다.

"정부인 마님! 우리는 여기에 있고 그대로 일을 하고 싶습니다. 그러니 나가라고 하지 마십시오. 그리고 우리는 갈 데도 없습니다."

"그럽니까? 그렇다면 마음을 편히 하시오! 우리는 똑같이 힘을 모아서 일하는 사람입니다. 이 집에서 지내고 있는 동안은 예전처럼 똑같이 일을 하며 지내 주시오. 당부를 합니다."

"예 그럼은요! 지당한 말씀입니다. 우리는 더욱 열심히 잘하겠습니다."

하인들은 신이 나서 더욱 일을 잘하였다.

얼마 후에 정부인은 이웃마을의 농사가 어떠한지 둘러보고 싶어 향난이를 불러서 데리고 나갔다. 도중에 정부인은 오랫동안 데리고 있었던 종 순복이의 묘가 생각나서 향난이에게 말했다.

"향난아! 저쪽으로 가면 너의 엄마 묘가 있다. 가서 절을 올려야 하지 않겠느냐?"

그러자 향난이는 눈시울이 뜨거웠다.

"예? 그래도 되겠어요?"

"그것을 말이라고 하느냐? 이렇게 옆을 지나는 길인데 마땅히 가서 절을 올려야 한다. 나와 함께 가자!"

하여 산 아래쪽으로 가까이 간 향난이는 어머니 묘에 절을 올리면서 눈에 눈물이 고였다. 그러자 정부인도 묵례를 하였다. 이윽고 정부인은 나무 그늘을 찾아 향난이를 앉히고는 말을 하였다.

"향난아! 엄마가 몇 년 전에 세상을 떠났지만 그래도 그때에 네가 많이 자란 후이니 다행이다. 네가 어린아이였다면 얼마나 마음이 많이 아팠을 것이더냐? 그리고 지금까지 네가 아무 탈 없이 지냈으니 난 참 고맙다. 나는 지금도 너의 엄마가 눈을 감을 때 너를 잘 부탁하는 모습이 눈에 선하다. 혹시 너의 엄마가 옛날이야기는 말해 주지 않았더냐?"

그러자 향난이가 손사래 치며 답했다.

"아니오! 저는 듣지 못했습니다."

"그러더냐! 임진왜란이 일어나서 온통 난리가 터져 나라의 임금은 한양을 떠나 피신하고, 나도 이곳에서 위태로운 사지에 몰려 살아나기가 무척이 힘들었다. 나의 부군 영감이 너의 엄마인 순복이를 나에게 보내었다. 나도 그때는 너의 엄마와 서로 오랫동안 떨어져 있어서 잘 몰랐는데, 보내온 편지를 보고 알았다.

그래서 함께 지냈는데 지금같이 무더운 날에 갑자기 왜적이 마을에 들어온다는 소문이 들려, 급하게 세간을 숨겨 놓을 곳을 함께 찾다가 숲속에서 내가 굴러 넘어졌다. 너의 엄마 순복이가 내려와서 나를 밀어 올리다가 그만 나 대신에 독사에 물렸으니 이를 어찌하면 좋단 말이냐?

나는 허겁지겁 싸매고 데리고 와서 여러 치료를 했지만, 부어오른 다리가 낫지 않고 시일이 오래 걸려서 한참 고생을 많이 했다. 그래서 지금까지도 나는 많이 미안하고 고마워한다. 그 후 해가 지나고 집에서 일하던 복창이와 혼인을 하여 너를 낳았는데, 참 마음이 아프고 미안하구나! 얼마 안 되어서 복창이가 세상을 떠났으니 너는 아버지를 기억할 수가 없어 아쉽구나!"

그러자 향난이가 말했다.

"그래도 다행입니다. 어머니가 혼인을 안 했으면 제가 세상에 없었을 것입니다."

"네가 그렇게까지 생각을 해주니 참 기특하고 대답이 좋구나! 그런데 향난아, 너도 이제 나이가 다 되었으니 혼인을 해야 하지 않겠느냐? 혹시 근처 마을에 마음에 드는 자 있더냐?"

"마님, 아니오! 아직 혼인을 생각 안 해 봤습니다. 그리고 그런 사람도 없습니다."

"아니다! 때가 있는 것인데 늦은 것 같다. 그러니 내가 혼처를 찾아봐야겠다. 괜찮겠냐?"

그러자 향난이는 빙긋이 웃으면서 대답하였다.

"저는 잘 모르겠습니다."

그날 이웃마을을 둘러본 정부인은 우리 마을이 농사가 더 잘된 것 같아 마음이 뿌듯하였다.

정부인은 향난이의 마땅한 혼처를 알아보다가 일정이의 아들이 나이가 많다는 것을 물어서 알게 되었다. 그래서 혼담을 넣었는데, 일정이가 그동안 말씀을 못 드렸지만 마님이 너무나 고맙고 감사하다고 하였다.

노비의 혼인은 예식도 없는 것인데 정부인은 마을 사람을 불러 잔치를 베풀고 격식을 세워 혼사를 치르며 말했다.

"나는 향난이가 내 집에서 태어나서 지금까지 잘해 왔고, 너무나 좋고 마음에 들어서 아끼고 있습니다. 지금 이 자리에서 알려 드릴 것은 향난이는 더 이상 우리 집의 종이 아닙니다. 내가 적을 담은 문서를 불태워 없애 버렸습니다. 그런데 향난이는 가지 않고 예전처럼 우리 집에서 살겠다고 하였습니다. 이젠 혼인을 하였으니 원하는 곳에서 언제든지 지낼 수도 있습니다. 그러니 앞으로는 그렇게 알아주었으면 합니다. 오늘은 즐거운 날이니 많이 축복해 주시고 술과 음식을 많이 드십시오!"

그 말을 듣고 마을 사람들은 서로가 기분이 상기되었다. 술과 음식을 먹으면서 축복해 주고 즐거워하였다.

#32

파랑새 결의와 비망

정부인은 사영과 사헌이 멀리 있는 동안에도 길쌈거리를 찾아서 쉴 새 없이 일을 하니, 가족들이 염려를 하였다. 사성이 걱정되는 표정으로 말하였다.

"어머니 힘이 많이 드시고 건강을 해칠까 염려가 되옵니다. 그리고 며느리들이 일을 따라서 더 많이 해야 하는데 민망합니다."

"내가 그렇게도 일을 더욱 하고 싶은데 며느리들에게는 이런 모습을 보여 주니 내 처신이 잘못되었구나!"

그러고는 정부인은 며느리들을 불러 놓고 이해를 시키며 엄하게 지시했다.

"앞으로는 나를 따라서 오랫동안 일하지 말고, 하루에 길쌈을 하는 시간과 때를 정할 테니 그때에만 하고 못하면 안 해도 된다."

혹 여가가 있을 땐 며느리와 손자들을 불러 모아 놓고 소학과 여훈의 내용을 입으로 전수하였다. 며느리들은 정부인이 아직까지 그대로 간직하는 교훈과 역사의 해석에 감화하며 숙지하고 본보기로 삼았다. 이처럼 가정을 거느려서 화기애애하니, 소문이 퍼지자 향리에서 흠모하고 본받아 풍속이 크게 변화하였다.

한편 사영과 사헌은 동계 선생 아래에서 학문을 닦으니 갈수록 증진되었다. 정온 동계 선생의 모습은 그동안 너무나 고생을 하여 백발이 성성하고 수척하였다. 그런데도 어머니를 잊지 못하고 귀양에서 나오자마자 곧바로 보고 싶어 달려갔다면서, 자신이 한 고생은 어머니에 비하면 너무나 보잘것없다고 하였다. 동계 선생은 깊은 학문의 해석과 도학의 진리가 무엇인지 해명을 잘해 주시니 점차로 이해가 잘되었다.

달이 지나고 교훈을 받는 중에 사영이 말씀드렸다.

"사부님! 참선은 무엇이며 어떻게 하는지요? 저희 할아버지께서도 참선을 하셨다는데 지금도 그것의 정도가 무엇인지 모르옵니다."

그러자 동계 선생이 물었다.

"사람들은 훗날에 어차피 죽어 갈 텐데 왜 즐겁고 편안하게 살려고 하느냐?"

"정확히 해명을 못하겠습니다."

사영은 그렇게 말하고는 말을 더 이상 잇지 못했다. 그러자 동계 선생이 일러 주었다.

"즐겁고 편안하려고만 한다면 절대 행복을 가져올 수 없다. 말하건대 쓰레기더미 속에서도 아름다움을 찾을 수가 있고, 고통 속에서 살면서도 행복을 느낄 수가 있다. 그렇게 되려면 더욱 참선하며 그것을 보거라! 그리고 마음이 혼란하지 않고 고요하다면 참선이 잘되는 것이다."

날들이 지나자, 사영과 사헌이 학문의 깊이가 쌓이는 중에 동계 선생은 부름을 받고 한양으로 떠났다. 다시 집으로 돌아온 사영과 사헌은 어머님께 절을 드렸다. 정부인이 사영과 사헌에게 굳건히 말하였다.

"학문에 계속 더욱 증진하고 의롭고 떳떳한 충장 대부의 길을 나서거라!"

사영과 사헌은 다시 예전처럼 일을 하고, 밤에는 서책을 가까이 하며 지내었다.

사성은 몸이 약하고 필진이 마저 병환이 있어 농사일을 제대로 많이 돕지 못하니, 어머님과 동생들에게 송구하고 미안한 마음을 갖고 지냈다. 그러다가 비좁지만 영촌 마을 산 아래 소나무가 많은 곳에 집을 짓고, 이사 갈 준비를 하겠다고 말씀을 올리니 그렇게 하라고 승낙을 하며 말했다.

"방에 쌓여 있는 너무 많은 책을 옮겨야 하는데 어떻게 하겠냐? 서책은 언제나 삶에 새로운 희망을 찾아 보여 주고, 후세에 소중한 것이니 헛되게 버려져서는 안 된다. 장소가 적절치 않으면 조금이라도 나누어서, 너의 동생 사헌이도 괴정리에 새집으로 이사를 갔고, 근래에는 아들 방을 늘렸다 하니 서적을 가져다주는 것이 좋겠다."

"명심하겠습니다."

사성은 그렇게 대답하며 어머님의 말씀을 절대로 잊지 않고 따랐다. 그러자,

"너의 누이동생에게서 연락이 왔는데 앞으로 한양의 집을 비워야 한다고 하니, 필진이가 아무래도 장손이 되므로 한양으로 가서 맡아 지내는 것이 좋겠다."

라며 분부하였다.

사영은 어머니께서 아직까지도 돌아다니시고 살피시며 자신이 미흡한 것을 간혹 말해 주시니 마음이 든든하고 흡족하였다. 어느 날 사영이 농사일에서 돌아오니 아내가 길쌈을 하고 있었는데, 보니 손이 아픈 것 같았다. 그래서 가까이 가서 오늘은 그만하고 쉬자고 하니 아내가,

"서방님은 글공부하고 또 일을 많이 나가시는데 저는 이 정도로 일만 하는데 어려움이 없습니다."

사영이 아내의 손을 만져 보니 예전보다 많이 거칠어졌다.

"우리가 심하게 일하여 건강을 잃으면 훗날에 자식들 앞에서 어떻게 감당하리오! 그러니 오늘은 그만하고 내일은 편히 함께 나가서 시원한 바람을 쐬고 주변으로 구경을 갑시다!"

아내가 사영의 표정을 보고 웃으면서 답했다.

"서방님이 원하시는데 그렇게 하시지요!"

다음 날 사영이 글공부를 마친 후 아내를 데리고 나갔다. 멀리 건

너서 있는 동네로 들어가니 지당연못에 연꽃이 활짝 피어 있었다. 사영이 아내에게 웃으며 말하였다.

"여기에 와서 연꽃을 보니 내 마음이 한층 넓어지는 것 같습니다."

아내도 경이하여,

"정말 꽃이 예쁘고 활짝 펴서 좋습니다."

하였다.

크고 화사하게 빛나는 연꽃을 보고 감탄하는 아내의 모습을 보고 사영이 말했다.

"연꽃을 보니까 후덕하고 인자하신 장인어른(방덕유) 생각이 듭니다. 원량 처남께서는 어떻게 잘 지내시는지 근래에 소식이 없습니다."

"예전에는 가끔 '월파정'에서 공부를 하신다 했습니다. 오늘 모처럼 오라버니 소식을 물으시니 저도 오랜만에 보고 싶습니다."

사영이 그러면 이번 차에 꼭 잊지 말고 우리가 날을 잡아서 어머님께 말씀을 잘 드리고 다녀오자고 하였다.

1627년, 정묘호란이 일어났다. 오랑캐들이 밀려오고 나약한 조선의 군사는 후퇴를 거듭하니, 하는 수 없이 인조임금은 강화도로 피신을 하였다. 참으로 기가 막히고 난감한 형세가 되었다. 어찌 이럴 수가 있단 말인가! 명나라를 따르고 우호를 지켜 왔던 조선 조정의 연약함과 무능력에서 갈피를 잡지 못하니, 백성들은 또다시 불안 속에 지내며 고통을 받았다. 소현세자가 내려와 전주로 피난을 하니, 위급한 상황에 남쪽 마을 사람은 어리둥절하여 지내는데 겨우 화약을 맺고 종결되었다.

사영과 사헌은 서로 간혹 만날 때마다 나라 실정의 무능함에 더욱 분개하였다. 사헌이가 사영 형님에게 말하였다.

"형님! 우리 조선이 오랑캐에게 당하는 수모를 도저히 견딜 수가 없습니다. 너무나 황망하고 나라가 나약하기 그지없습니다. 그동안 조선은 강한 군사가 부족하고, 투지가 높은 전투력을 기르지 않았기 때문입니다. 그러니 이런 난세에 우리가 학문에만 전념하는 것은 올바른 길이 아닐 것입니다."

그러자 사영이 맞장구치며 말했다.

"너의 말이 맞다. 그래서 뭘 어떻게 해야 할 것이며 무엇이 옳은 일이냐?"

"우리도 나서서 힘을 길러야 하지 않겠습니까? 미약한 조선군이 당하는 것을 쳐다보고만 있을 수 없습니다. 언제 닥칠지 모르는 오랑캐들이 더 넘어오기 전에 힘을 모으고 막아야 한다는 것이 저의 생각입니다. 앞으로 조선은 강한 전투력만이 살길입니다. 오늘부터 당장 내천 건너편 산 아래에 가서 체력을 키우고 무예를 길러 봄이 어떻겠습니까?"

"그래, 그렇게 하자!"

그래서 준비를 하여 오후에 그곳으로 갔다. 사헌이 말했다.

"형님이나 저나 이제 나이가 있으니 무예를 익히기에 좀 늦었지만, 그래도 몸 단련이라도 게을리해서는 아니 될 줄로 압니다."

"그래, 그렇지만 결코 우리가 나서는 뜻만은 잊지 말자!"

한참 열의를 갖고 나무를 잘라 검 대신에 사용하며 서투른 훈련을 하다가 잠깐 쉬면서 사헌이 입을 열었다.

"삼국지에 나오는 관우와 장비는 의형제가 되었습니다. 그들은 모두 힘센 장수인데 저작거리의 불량배들처럼 힘 대결을 하여 형과 동생을 결정하지 않았습니다. 우리는 무인이 아니지만 나는 형님이 관우라고 생각해 보고 싶습니다. 그런 마음을 갖고자 합니다."

"무슨 그런 말을 터무니없게 하니? 우리는 이제 겨우 몸 단련을 시작했고, 너와 나는 어머니에게서 태어난 실제 형제이다."

"아니오! 형님, 내 마음이 그러고 싶을 뿐입니다. 저의 뜻은 무술을 하는 기량의 우위가 중요한 것이 아니라, 한번 맺은 형제의 의리는 변함이 없고 예도로써 지켜 나갔으니, 후세 사람들이 그들의 신의를 부러워하는 게 당연하다는 것을 말씀드리는 것입니다."

그러자 사영이 미소 지으며 답했다.

"동생은 참 생각이 기특하네! 내가 그런 마음의 동생을 둔 것이 너무나 좋구나!"

한참 연습을 하고 있는데, 갑자기 사헌의 큰아들 필명이 멀리서 급하게 찾으면서 알렸다. 정부인 어머님께서 갑작스럽게 쓰러지셨다는 것이다. 모두들 화급히 달려갔다. 예전에도 한번 쓰러지신 적이 있는데 이번에는 예사롭지가 않았다. 일어나시지를 못하고 의식이 없으니 어리둥절하며 어쩔 줄을 몰랐다.

그러자 사헌이 칼로 자신의 다리를 베었다. 흘린 피를 드시는 약에 타서 목으로 넘기게 하니 겨우 정신이 드셨다. 사헌은 어머님이 깨어나시면 피를 드셨다는 말을 지켜보는 사람들에게 절대 하지 말라고 당부하였다.

정부인은 깨어나서 주위를 둘러보며 물었다.

"왜 그렇게 쳐다보고 있느냐? 내가 또 쓰러졌느냐?"

그러자 사영이 걱정스러운 얼굴로 답하였다.

"어머님께서 혼절을 하셨으니 건강이 많이 염려가 되옵니다."

"난 안 죽는다! 나라가 오랑캐들에게 당하여 이런 비참한 형세에 놓였는데, 내가 이것을 보면서 어떻게 눈을 감을 수가 있겠느냐? 내 걱정은 하지 말아라. 나는 쓰러져도 시간이 지나면 다시 깨어 일어나니 크게 염려 말아라."

그러면서 정신을 차려 사영에게 오늘 있었던 일을 물었다.

"내가 한낮에 필명이에게 들었는데, 너희 무술 단련은 잘하느냐?"

이에 사영이 '예!' 하고 대답을 하니,

"을묘년 왜란이 났을 때 너의 조부 형제분은 이미 서로가 죽음을 각오하였고, 끝까지 막아 내서 마침내 한양으로 올라오는 왜적을 패하였다. 그러기엔 지략도 있고 병약해서는 안 되는데, 체력을 단련하는 것은 당연하다. 그러니 잘한 일이다. 더욱 심신훈련을 하고 기개를 높게 가져야 한다."

하고 당부하였다. 그러자 사헌이 굳은 결의로 대답하였다.

"예! 어머님의 말씀을 꼭 잊지 않고 명심하겠습니다."

가도에 몰아치는 바람

큰아들 사성은 새로운 마음을 갖고 정진하고자 소나무가 울창한 산 아래에 집터를 마련하였는데, 몸이 온전치 못하니 스스로가 걱정되었다. 그러니 장손인 필진이의 혼인을 서둘렀다. 풍토병이 있는 필진이가 한양의 집으로 가더라도 잘 보필할 수 있는 든든한 혼처를 찾아 나서다가, 때마침 연고가 있는 흥양 장씨의 주선을 받자 서둘러서 결혼을 시켰다.

하지만 불과 1년 후인 1631년, 사성은 더 살고자 하는 의지가 없이 결국 세상을 떠났다. 처에게 남아 있는 아이들을 잘 부탁한다고 하니, 고개를 끄덕이며 바라보고 눈물을 줄줄 흘렸다. 정부인과 가족들도 슬픔이 이루 말할 수가 없었다.

사성은 항상 마음속에 가족의 농사일을 많이 돕지 못하니 형제들에게도 민망하고, 부인이 힘들게 일을 하니 고마울 뿐이었다. 정부인은 예전에 사성이 귀양에서 풀려났어도 홀가분하지 않다는 것을 알고 불러 놓고 이르기를,

"시간이 흘러서 지나면 결국 많은 것이 해결된다. 그것은 세상의 모든 것이 변하기 때문이다. 과거 때의 사람은 죽었고 지난날에 중요하고 심각한 것도, 더 이상은 그러하지 못하니 넘어가면 해결이 된다."

하지만 사성은 오랫동안 마음고생을 하며 지냈으며, 장인이 되는 허균을 반대하여 단절하고 내왕을 하지 않았기 때문에, 비록 참형을 면하고 귀양을 갔다 왔으나 부인을 보면서 애달기만 하였다. 사성은 부인에게 말하였다.

"내가 아직도 그때 당시를 잊지 못하고 있으니 마음이 못되고 아프오! 하지만 이것은 부인이 겪는 고통과 심정에 비할 수가 없소. 그러니 내 마음을 용서해 주시오."

상례를 치르고 나서 조금 지나자, 정부인은 남은 자식을 불러 놓고 말하였다.

"건강이 안 좋아서 죽는 것은 어쩔 수가 없다. 그렇지 않으면 명분을 정해 놓고 죽어야 하는 것이 마땅하다. 그리고 각오를 하였으면 죽는다는 것을 두려워하지 말라!"

그런데 또 하나의 큰 슬픔에 휩싸였다. 집안이 잠잠해지고 잊고자 할 때, 사헌이 괴정리에서 좋은 소식을 알리고자 말을 타고 와서 어머님께 말씀드린 후 장남 필명을 혼인시켰다. 그런데 총망하고 생생하던 필명이 갑자기 지병에 눕게 되니 연이은 우환에 비통함이 이루 말할 수 없었다.

"이게 어떻게 된 일인가? 세상에 이렇게 모진 일이 일어날 수 있을까?"

걱정이 이만저만이 아니었다. 병상에 누워 있는 필명 옆에서 새 색시는 1년이 넘도록 지켜보며 모든 방도를 강구하였으나 소용이 없었다. 안타까움 속에 지켜본 사람들은 새색시의 지극정성에 눈물이 나왔다. 더 이상 차도가 없자, 색시는 효험이 있다는 말에 자신의 둔부의 살을 베어서 먹이었다. 그리고 하늘에 부군을 대신해서 자기 자신을 데려가 줄 것을 날마다 빌었다.

하지만 끝내 필명이 숨을 거두니 색시는 쓰러져서 눈물을 철철 흘리었다. 곧이어 자신도 뒤따라가고자 자진을 하려고 하였으나 만류가 되었다. 아직 시부모님이 계시고 어린 시동생이 성장치 못했으니 자신이 돌봐야 할 일이 남아 있다는 것이다.

1633년 무더운 여름이 지났는데 필명은 20세가 되기도 전에 죽었으니, 주위에서 많은 사람들이 그의 재능을 안타까워하고 애석해하였다.

정부인이 손자 필명의 처인 새색시를 불러서 타이르기를,

"명은 하늘이 정해 주는 것이다. 이것을 억지로 만들면 되겠느냐? 해야 할 일이 남아 있다면 스스로 목숨을 끊어서는 안 된다. 세상에 더 험한 일을 당하는 사람이 오직 너 하나뿐이겠느냐? 하늘에서 마음의 정성에 보답하지 않으면, 스스로 죽는 일을 하지 말아야 한다."

"예! 분부하심을 결코 잊지 않고 내가 끝까지 남아서 해야 할 일

을 마친 후에 그때에 저의 명을 소진하겠습니다."

필명의 처는 그대로 그 뜻을 지켜 나갔다.

사헌이 큰아들 필명의 죽음을 애통해하고 있는데 한 달이 조금 지나서 사영 형님이 사헌에게 와서 말했다.

"동생의 슬픈 마음을 그 누가 어디에 비하겠는가! 내 마음도 지금 너무 아프네. 그러나 어찌하겠는가? 견뎌 가며 점차로 잊어 가는 수밖에 없네. 그러하고 과거령(증광시)이 내려와 곧 날이 다가오는데 어떻게 볼 수 있겠는가? 마음이 안정되지 못하고 혼란하니 공부가 쉽지 않을 걸세!"

하고 의향을 물으니, 사헌이 대답하였다.

"사실은 공부가 되지 않습니다. 그런데 내가 과거시험을 보러 가지 않으면 어머님은 나를 지켜보면서 더욱 많이 마음 아파하실 것입니다. 그러니 불합격될지언정 어머님 마음을 편하게 해 드려야지요!"

날짜를 앞두고 어머님께 시험을 보겠다고 말씀을 드리니, 한양에 가면 누이동생과 필진이를 만나고 오라고 하였다.

다행히도 양시에 모두 합격하였으나 오랑캐가 드나들며 대의를 저버리는 조선 조정의 엇갈린 시국에 격분하여 관직이 주어진다 해도 나가고 싶지 않다고 어머님께 말씀드렸다.

그러자 어머님은 '그래! 그렇게 하라'시며 덧붙이셨다.

"너희는 그렇지만 장차 많은 후손들은 때가 되면 관직에 나설 수 있을 것이라고 본다. 그러니 공부는 소홀히 하지 않아야 한다."

다음 해인 1634년이 되었는데 집안에 또다시 비보가 들어왔다. 사성 형님의 부인인 형수가 죽음을 맞이한 것이다. 남아 있는 딸과 아들의 혼사를 정해 놓고 부탁하며 더 이상 아픔에 견디지 못하고, 자신은 마지막 할 일 다했다며 세상을 떠났다. 집안의 모든 가족들은 슬픔에 잠긴 채 지낼 수밖에 없었다.

정부인은 어머니를 잃고 계속 울고 있는 손녀딸을 달래며 옛날 봉숭아 꽃잎을 따서 손톱에 물들였던 이야기를 하였다.

"그때에도 친구가 죽어서 많이 슬퍼했는데, 지금은 어머니가 너에게 많은 정을 남겨 두고 세상을 떠났으니 네 마음이 오죽하겠느냐? 애야! 장차 네가 혼인을 하고 자식을 낳고 살아가면 더 많은 일을 겪게 된다. 그러니 진정하여 마음을 가누고 너의 앞날을 내다보며 잘 살아가야 한다. 그런 너의 모습을 저 하늘에서 어머니가 지켜보고 싶을 것이다."

#34

비운의 결전

어머니 정부인의 말씀에 따라 사영과 사헌은 공부를 하지만, 조선 조정의 난항과 오랑캐에 겁박당하는 시국에서, 틈틈이 서로 만나고 체력을 관리하며 목검을 쥐고 활을 쏘며 연습을 하였다. 활솜씨는 옛날 수덕봉 사냥을 다녀온 후에 매제 허장에게서 배웠는데 아직까지도 그대로 잘 쏘았다.

하루는 말을 타고 괴정리에서 달려온 사헌이 연습을 하다가 형님 사영에게 말하였다.

"우리가 무예를 기르는 것은 당장 서툴지만 의기만은 높고, 오랑캐들이 난무하는 것을 이대로 볼 수 없기 때문임이 하나같이 확고합니다. 명나라가 패망에 들어선 것도, 조선이 오랑캐에 응징을 제대로 못하는 것도, 힘이 나약해서 그런 겁니다.

우리가 동계 선생님께 가서 있을 때 '왕의성' 이야기를 하였지요. 정유재란 때 왜적과 끝까지 싸워서 방장산 골짜기에 흐르는 물이 온통 피로 채워져서 '피아골'로 불리게 되는 이야기를 하였습니다. 모두 죽고 왕의성이란 사람이 살아남았는데, 그 사람은 아직까지도 투지와 의기가 살아서 충만이 되어 있다고 합니다. 그 사람도 처음부터 무술을 하지는 않았지만 억척같은 그의 투지가 가상하다고 합니다. 아마 지금도 오랑캐에 몹시 분개해서 견디지 못하고 있을 것입니다. 그러니 우리 모두가 뜻을 함께하고 힘을 모아 결사적인 대항만이 전투에서 큰 승패를 가늠 것입니다."

그러자 사영이 사헌을 바라보며 대답했다.

"그래! 그 힘이 곧바로 전쟁에서 싸우는 커다란 원천이 된다. 정의와 의분과 투지가 없다면 전쟁에서 패배만 있을 뿐이다. 요즈음 큰아들 '필식'이가 무인이 되려고 하고, 후에 무과시험에 응시하겠다고 종종 말하니, 내가 아직 답을 하지 않았지만 장차 이런 시국에서 길을 열어 주는 것이 올바르지 않겠는가!"

"형님! 필식이를 믿으십시오. 잘할 것입니다. 필식이는 몸체가 좋고 성품과 기개를 보아 장차 틀림없이 해낼 것이라고 봅니다."

마침내 1636년 12월, 병자호란이 일어났다. 중국 대륙을 장악한 오랑캐의 청나라 태종은 조선 임금에게 군신 관계를 요구하며 복종토록 하였다. 이를 거절하자 20만 명의 병사를 거느리고 겨울철인데 쳐들어왔다. 위기를 맞은 조선 임금 인조는 먼저 강화도로 두 왕자와 가족들, 비빈과 종묘사직의 위패를 보내며 대피시켰다.

그런데 인조 임금은 후에 뒤따라가려다가 늦어 청군에 막혀서 소현세자와 함께 남한산성으로 피신하였다. 청군에 둘러싸인 인조 임금은 사태가 급박해지자 전국에 총동원령을 내렸는데, 그 교서의 취지가 너무나 슬프고 비참함을 보게 되었으니 백성들과 군신들은 모두가 통곡하고 분개하였다.

사영과 사헌은 각 고을에 격문을 띄워 '여산'에서 모일 것을 기약하고, 어머님을 찾아뵙고 근왕군으로 출전하겠다고 말씀을 드렸다. 그러자 정부인이 말하였다.

"내가 들건대 군자는 국가의 난을 만나면 효를 충으로 옮긴다 하였다. 이런 까닭으로 전쟁터에서 용기가 없음은 효가 아니라 함이 이러한 이유일 것이다. 그런데 너희는 진정으로 마음에 각오가 되어 있느냐?"

"예! 어머님!"

"그렇다면 말하겠다. 장부가 길을 정했으면 끝을 맺어야 한다. 전쟁에 나가는 것은 헛된 죽음이 아니다. 죽음에 나서는 자는 살아서 돌아오지 말아야 한다. 나는 이제 너희들을 더는 살아서 만나지 않을 것이다. 너희들은 이미 자식들을 세상에 남겨 놓았으니 그것으로 삶이 족하다. 너희의 육신을 더 이상 볼 수 없어도 서운해하지 않을 것이니 용감히 끝까지 나가서 싸우거라!"

그 말씀에 사영과 사헌은,

"예, 어머니! 꼭 명심하겠습니다."

하며 어머님께 마지막 절을 올렸다.

길을 떠나 여산에 이르니, 벌써 많은 사람들이 근왕군이 되고자 몰려들었다. 올라온 사람들과 주위를 정리하고 살펴보니 고향에서 친분이 가까운 방씨 일가에서 벌써 와 있으니 다시 만나 많이 반가 웠다.

사영과 사헌은 제공들과 더불어 피를 맹세하고 길을 나누어 진군하여 올라가서, 충청 감사인 정세규와 합세하였는데, 의기투합을 하고 인사를 나누고 보니 9촌 외척이었다. 정세규는 주력부대인 우군의 선두에서 참장들과 진군하며, 사영과 사헌에게는 다른 참장들과 좌군의 선봉을 맡아서 오도록 배정하였다. 근왕군은 곳곳에서 모인 백성들로서 훈련이 되지 않고 편성된 병력이지만 목적과 의기만은 충만해 있었다.

차가운 날씨에 허기를 잊으며 올라가다가 정세규 근왕군의 주력부대 우군은 '광주 험천'에서 진을 치기 시작했다. 점심때인데 식사를 못해서 밥을 준비하여 나르고 먹는데, 오랑캐 기병이 나타나서 물을 길어 가져가려다가 근왕군이 식사하려는 것을 보고 갔다. 위기를 느끼고 밥을 먹는 병사들을 멈추어서 수습도 하기 전에 갑자기 수많은 불화살이 날아들고, 오랑캐 기병들이 떼를 지어 밀려들었다.

근왕군이 거의 무방비 상태에서 총에 화약도 제대로 장전을 못하고 무참히 도륙을 당하니, 3천여 명이 넘는 근왕군은 초토화되어 험천이 붉게 피로 가득 물들었다. 참장들이 기를 쓰고 싸우려 나섰으나 모두 죽고 정세규는 가파른 비탈로 굴러떨어졌는데, 오랑캐들은 우군을 마치 낫으로 풀을 베듯이 궤멸시켰다.

또다시 들어온 오랑캐 병력들이 엄청나게 증가하면서 좌군 쪽으로 와서 앞뒤에서 급습을 하며 무참히 칼과 창으로 찌르고 목숨을 잘랐다. 화약도 소용없이 밀려난 좌군은 맞서 싸우다가 거의 죽고, 피할 곳을 찾아 건너편 험한 언덕 등성으로 마구 달아나니 이들을 저지하는 것은 너무 늦었다.

사영과 사헌은 좌우에서 칼을 빼어 달려드는 오랑캐와 싸우고 있다가, 더욱더 엄청 몰려드는 오랑캐 기병에 마주쳐서 빠져나와 산으로 올라와 소리를 치고, 더 이상 달아나지 못하게 저지를 하였다. 먼저 달아난 근왕군을 다시 모이게 하고 수습하였지만 100여 명 정도에 불과하였다. 사영과 사헌은 더 어두워지기 전에 병사들을 이끌고 오랑캐 기병을 피해 산 넘어 다른 산으로 가기로 했다.

모인 사람들의 의견을 물으니, 수원 광교산에 전라도에서 모인 근왕군이 많으니 그곳으로 가자고 하였다. 좌군에서 살아남은 근왕군은 산을 넘어서 밤에 행진하여 겨우 광교산에 들어가니, 전라병사 '김준용'이 그곳에 진을 치고 전투 준비를 하고 있었다. 상당히 많은 근왕병이 와 있었는데 모든 방비가 철저히 이루어지고 있었다.

오랑캐 기마병에 대비해 진영을 산 위와 숲속 비탈에 세웠다. 평지에 진을 치면 총포에 화약을 장전하다가 시간이 걸리면 삽시간에 날렵한 오랑캐 기병들이 달려와서 모두 전멸을 당하나, 산 위에 주둔하면 기병들은 나무 사이를 젖히면서 올라오지를 못하기 때문이었다. 이전에 전투는 모두 평지에 진을 쳤다가 괴멸을 당하였으니 경험과 전술이 없었던 것이다.

사영과 사헌은 방어구역을 배치받았는데 곧바로 오랑캐의 공격이 시작되었다. 오랑캐 기병은 들어갈 수 없으니 근왕군 기지를 향해 화포 사격을 집중하였다. 근왕군도 맞서 오랑캐들이 산을 타고 올라오면 산 곳곳에서 총포 사격을 집중하고, 후퇴하는 오랑캐들에게 활을 쏘아 죽였다. 몇 차례의 전투가 계속 있었는데, 결국 근왕군 진영의 한쪽이 무너지자 혼전이 벌어졌다.

사영과 사헌은 활을 더 이상 쏠 수 없게 되자 맞붙어 싸우는 중에 청(오랑캐)군은 부진하여 퇴각하였다. 또다시 청군이 거세게 올라오자 끝까지 진지를 사수하고자 전력을 다해 모두가 분투하였다. 그런데 청나라 선봉장 '양구리'가 죽었다는 소식이 들리면서 청군이 물러났으니, 근왕군은 환호하며 크게 함성을 질렀다.

산기슭과 중턱에는 청군의 시체들이 수북이 이곳저곳 쌓여 있었다. 하지만 언제 다시 청군이 공격해 올지 모르는 상황이었다. 그런데 산 위의 근왕군의 주둔기지도 엉망진창이 되고 보급품도 떨어져서 더 이상 유지할 수 없었다. 다시 또 청군이 병력을 증가시키고 강화해서 교전을 한다면 수비가 어렵다는 생각에 김준용은 진지를 위장해 놓고 근왕군을 밤에 수원으로 철수하였다.

사영과 사헌은 합류를 하지 않고, 본래 함께 들어갔던 사람들에게서 나와 별도로 행동하자고 하니, 거의 많이 따르고 다른 병사들도 들어왔다. 총포와 장비를 정비하여 과천으로 들어갔다. 과천을 점거한 청군이 퇴각하고 있다는 소식을 들었기 때문이다.

산기슭에 매복을 하여 기다리니 어두워질 무렵, 상당히 많은 청병들이 과천에서 탈취한 많은 물자를 싣고 가고 있는데 경계심이 없어 보였다. 그러나 청병들은 훈련을 받은 정예병이니 거리를 두고 총과 화살을 써서 맹렬히 공격을 하였다. 삽시간에 전투가 벌어지고 청병은 숨어 있는 근왕군을 알아보기 힘들어 저항을 못하고 도망가며 90여 명이 넘게 죽었다.

근왕군은 소리를 치고 사기가 올라갔다. 많은 청병이 이곳으로 몰려올지 모른다는 판단에 빨리 빠져나가기로 하였는데, 강화도 쪽으로 옮겨 가기로 하였다. 강화도가 위험에 처해 교전하고 있다는 소식을 접했기 때문이다.

다시 전력을 가다듬고 노출의 위험을 피해서 다음 날 도착한 곳은 인천에 가까운 소사였다. 그런데 염탐을 하니, 강화도로 들어가는 청군의 일부가 일시적으로 길에서 주둔하고 있다고 하였다. 근왕군 사람들이 말하기를,

"우리가 들어가야 할 곳으로 길이 막혔으니 이제 죽음을 각오하고 싸워야 하지 않겠습니까? 우리는 싸우러 왔으니 끝까지 싸웁시다."

그러자 모두들 그러자고 하였다. 그런데 주위를 둘러봐도 산이 없으니 평지에서 싸우는 수밖에 없었다. 주위의 평지에 드문드문 자라는 나무를 잘라 목책을 만들어 세워 놓고 적들을 유인해서 가까이 밀려오면 총과 화살을 먼저 쏘기로 하였다.

하지만 평지에서 전투는 오랑캐 기병을 만나면 속수무책이라고

하였다. 청병이 천천히 나무방패로 총알을 막으면서 들어오다가, 근왕군의 화약이 떨어지거나 장전하는 데 시간이 늦어지면 목책을 빨리 제거하고, 주위에 있는 기병들이 달려들어서 몰살당한다고 하였다. 그런데 청군의 기병은 찾아볼 수가 없었다.

전투태세를 갖추고 있는데, 갑자기 청군이 몰려온다고 하였다. 재빨리 뒤쪽에 숨겨 놓은 목책을 갖다 놓고서 총과 화살을 쏘며 싸움이 벌어졌다. 목책을 무릅쓰고 가까이 들어온 청병들이 많이 쓰러져 죽고 근왕군의 강렬한 저항에 뒤로 물러났다.

죽은 시체를 치우고 나서 청군의 많은 병력이 다시 밀려들어 올 것으로 보고 대비를 하였지만 청군은 더 이상 오지 않았다. 조선의 인조 임금이 항복을 하여서 더 이상 싸울 필요가 없다고 하였다. 참으로 한탄스러운 소식이었다. 근왕군들은 멍하니 하늘만 쳐다보았다. 그리고 울분을 참지 못해 서로 부둥켜안고 통곡하면서 땅을 치고 발을 동동 굴렀다. 천하가 원망스러운 지경이었다.

사영과 사헌은 근왕군을 해산하고 한양에 들어갔는데, 동계 선생께서 의분을 참지 못하여 칼로 할복했다는 소식을 듣고 즉시 찾아나서서 뵙기를 청하니, 피를 많이 흘려 상처를 싸매고 누워 계신 상태에서 겨우 말하였다.

"내가 남한성에서 죽지 못하고 무슨 면목으로 어디를 가겠는가? 죽음까지 가로막으니 나는 고향에 돌아가지 않고 차후에 덕유산으로 가겠다."

그래서 사영과 사헌은 덕유산까지 모시겠다고 말씀드렸다.

돌아갈 수 없는 그날들

사영과 사헌은 동계 선생을 수레에 태워 덕유산으로 모시고 들어갔다. 산속에 조그만 오두막을 뜯어서 옮겨 거처를 마련하였는데, 시일이 지나 건강이 차차 회복되니 더 이상 머물지 말고 빨리 고향에 돌아가서 자당님을 만나 뵈어라 하셨다. 사영과 사헌이 남원 주포에 돌아와서 어머님을 뵙고자 하니 정부인 어머님이,

"내가 너희를 볼 필요가 없다. 난에 참가할 적에는 순국할 것을 맹세하였거늘 지금에 무슨 면목으로 왔는가? 죽어서 온다고 했는데, 내가 아직도 살아 있는 너희의 몸을 보는 것은 경우가 맞지 않다. 난 너희들을 세상에 없다고 할 것이다. 다시는 내게 오지 말라!"

하며 나가시었다.

사영과 사헌은 어머님께 너무 부끄러워 사죄를 할 수 없으니, 집으로 돌아와 마음을 편히 못하고 누워서 시름을 하였다. 그렇게 어머님의 마음이 누그러지기를 기다렸다가 여러 번을 찾아가서 마당에 무릎을 꿇고 사죄를 청하였으나 한결같은 어머님의 심정을 바꾸

지 못했다.

　결국 식음을 제대로 못하고 몸이 수척해지고 사헌은 병이 났다. 사영도 마찬가지였다. 어머님의 용서와 힘을 얻지 못하니 마음이 울적하고 답답해서 견딜 수가 없었다. 건강이 매우 안 좋은데도 하루 종일 방에 들어가서 나오지 않으니, 근심하며 지켜보는 사영의 부인은 병환을 매우 걱정하였다.

　사헌의 부인은 남편이 살아온 것이 정말 다행이라고 생각했지만, 돌아와서 식사를 못하고 마음에 병을 얻어 누워서 지내는 것이 안타깝게만 느꼈다.

　그러던 중에 사헌의 아들 '필무'가 어머니에게서 아버지가 병이 나신 이유를 듣고 할머니께 말을 타고 달려갔다. 필무는 나이가 아주 어리지만 말을 제법 잘 탔으니 사람들이 놀라워하였다. 필무가 할머니께 절을 드리자 어린 손자를 반겨 주었다. 필무가 할머니께 이야기하였다.

　"할머니! 아버지께서 식사를 드시지 않으시고 몸이 많이 불편하시니, 어머님께서 할머님의 뜻을 거슬러서 노여움을 받고 그러하신다고 말씀하셨습니다. 저의 아버지를 용서하여 주세요! 저는 아버지 없이 살고 싶지 않아요."

　이에 정부인은 손자의 손을 잡고 말했다.

　"필무야! 나는 네가 오랑캐를 물리치려고 단을 쌓아 올라가서, 우리나라를 회복시켜 줄 것을 오래도록 하늘에 빌었다는데 참 기특하구나! 하지만 너의 뜻을 이루지 못하고 우리나라가 오랑캐의 속국이 되었으니, 너도 많이 원통하지 않느냐?"

"그렇사옵니다. 할머니, 저는 지금도 분통이 생겨납니다."

"그래, 그렇지 않겠느냐? 이 할미도 너와 똑같은 심정이란다. 네가 장차 어찌하겠느냐? 말해 보거라."

"저는 우리나라가 지금보다 훨씬 힘이 강해질 때까지 무엇이든지 할 것입니다."

필무의 대답에 정부인은 필무의 손을 다시 잡으며 얼굴이 한층 밝아졌다.

"그래, 너의 뜻과 의지가 아주 정말 좋구나! 자신이 낳은 아들이 소중하지 않은 사람이 어디 있겠느냐? 하지만 나는 전쟁터에서 싸우다가 자식을 잃은 것으로 내 마음을 정해 놓았다. 그런데 지금 아버지를 잃고 네가 얼마나 슬퍼하고 지낼까를 생각하니 내 마음이 몹시 아프구나. 내가 너에게까지 불행을 가져다줄 수가 없구나! 가서 아버지께 말씀드려라. 식사를 잘해서 건강한 모습이 되면 이 할미를 보러 오라고!"

그리고 얼마 후, 사영과 사헌이 인사를 드리러 왔다. 이에 정부인은,

"누구나 무엇을 위하여 산다는 것이 참 중요하다. 그것이 없으면 죽은 생명이고 허망한 것이다. 너희는 지금보다 더 큰 마음을 닦아 후세를 가르치고 길러야 한다."

고 하였다.

가을바람이 솔솔 불어오니 정부인은 들녘에 나가 논밭을 둘러보고자 향난이를 데리고 나갔다. 따가운 햇살에 벼들이 익어 가고 있었다. 멀리 언덕 아래로 삼을 베고 난 밭들이 빈터로 남아 있었다. 올해는 호란 때문에 일손이 부족해서 삼을 많이 하지 못했다.

마음이 쓸쓸해져서 돌아오는데, 기운이 약해지는 것 같았다. 정부인은 힘을 내어서 집으로 돌아와 방에 누웠다. 지나간 날들을 생각해 보니 주마등처럼 떠올랐다. 갑자기 덧없이 세상을 떠난 덕열 서방님이 야속하게만 느껴졌다. 그러다가 해주에 있을 때에 오순도순 이야기하며 함께 즐거웠던 날이 떠오르며 사성 아버지가 보고 싶고 그리워졌다.

회상해 보니 그때가 참 많이 좋았다는 생각을 하다가, 일어나서 빛바랜 단자함 속에서 오래된 편지를 꺼내 보았다. 아직도 덕열 서방님이 보내 준 편지 중에 몇 장이 거기에 남아 있었다. 정부인은 편지를 하나하나 읽어 보면서 눈물이 핑 돌았다. 왜적이 쳐들어와 어린애를 데리고 급히 피신한 나를 염려하여 보낸 글을 보고, 아직까지도 서방님의 모습이 자신에게 살아 있다고 생각하니 가슴이 마구 뛰고 너무나 기뻤다.

'투박한 한글로 급히 적어 보내 주셨지만 안심이 되어 기다림 속에 설레며 지냈었는데….'

함께 보낸 그날들이 그리워서 돌아가고 싶었다. 정부인은 편지를 가져다 가슴에 얹고 누웠다. 그리고 '보고 싶은 사성 아버지' 하며 눈을 감았다.

사영의 아들 필식이가 산에서 무예를 연마하다가 할머니께서 좋아하시는 머루를 따서 가져왔는데, 광주리에 검게 잘 익은 것을 담아 할머니를 부르면서 방으로 들어가니 정부인은 필식이를 보면서 곧 다시 눈을 감으셨다. 할머니의 품에는 편지가 그대로 놓여 있었다.

발인을 하는 날까지 수없이 조문객이 계속 다녀갔다. 청양에서 딸과 사위 허장이 달려와서 통곡을 하였다. 사영이 동생 사헌과 논의를 하여,

"비록 아버님의 자리에 묘를 만들 수 없지만 우리가 끝까지 모셔야 한다. 어머님 묘를 우리가 가까이에 두고, 오랜 세월이 지나 후세에 모든 것이 잊히더라도 가족과 어머님이 함께 살고 지냈다는 것을 증표하고, 적합한 곳을 찾아 튼튼한 석회관으로 변치 않는 영구한 묘를 세우고 가슴에 편지를 함께 넣어 드리자."

고 하였다.

다음 해에 사헌이 주포 마을에 와서 어머님 기일을 보내고 나니, 사영이 주위를 둘러보자고 하였다. 비어 있는 삼밭을 돌아보다가 옛 생각을 하며 냇가에 가서 앉았는데 사헌이 말했다.

"형님, 기억납니까? 저쪽 산 건너편 골짜기 넘어서 냇가에 어머님이 함께 가고, 복창 아저씨도 모두 가서 고기를 잡은 것 말입니다."

그러자 사영이 미소를 띠며 대답했다.

"물론 기억하지! 어머님이 이쪽을 막고 '저쪽에서 몰아라!' 하시며, 그때에 알 수 없는 물푸레나무와 어디선가 이상한 열매를 가져

와서 고기를 많이 잡았던 것 말이지?"

"예, 그래요! 그때 나는 어렸지만 형님들하고 너무 신이 나서 물속에서 이리저리 돌아다닌 것이 떠오릅니다. 지금 생각하니까 다시 그 시절로 돌아가서 어머니와 함께 갔으면 좋겠습니다. 이제는 다시 그런 날들은 돌아올 수가 없네요."

그러자 사영이 맞장구를 치며 말했다.

"나도 그렇구나! 나는 여기 고향 산천이 참 좋다. 언제나 맑은 시냇물과 산 그리고 숲속에 새소리, 여기에 모든 것들이 정이 들고 내 마음이 정말 포근하다."

* * *

2016년 10월 17일, 전남 곡성군에서 379년 전에 매장된 것으로 추정되는 미라가 발견됐다. 미라는 보존 상태가 비교적 양호하며 인조 때인 1637년 남원 주포방(현 주생면 영천리)에서 71세에 별세한 청풍김씨(淸風金氏)로 확인되었다. 청풍김씨는 이덕열(호 양호당)의 정부인이며, 파묘 현장에서 구슬과 편지들이 발견되었다.

미라는 물과 공기를 차단하기 위하여 소나무 관에 옻칠을 하고, 그 위에 석회석을 덮어 잘 보존되어 있었다. 주고받은 편지는 소박한 향토적 언어 표현으로 온정이 담겨 있으며, 자료는 기록사진으로 하여 남원석주미술관에서 관리하고, 남원시 주생면 영천리에 다시 매장하였다.

부록

관련 기사

SBS 〈순간포착 세상에 이런 일이〉
379년, 시공을 초월한 미라 여인… 과연 그 정체는?

— 2016. 11. 03.

얼마 전 전남 곡성에서 미라가 발견됐다는 소식을 전하는 수많은 기사들이 화제가 되었다. 그 진실을 알기 위해 제작진은 여인이 이장되어 묻혀 있다는 전북 남원으로 한달음에 달려갔다. 실제로 그곳에서 발견된 것은 여지없는 미라였다. 가지런히 모은 두 발, 모양이나 질감이 그대로 느껴지는 피부가 마치 금방이라도 살아 움직일 것 같은 여인, 그것은 바로 시공을 뛰어넘어 379년 만에 후손들에게 돌아온 청풍김씨, 김수복 할머니의 미라다.

지난달 17일, 이장 작업을 하는 도중 깊이 2m의 땅속에서 발견된 커다란 돌덩이를 깨뜨리자 목관이 드러났다. 그 안에서 김수복 할머니의 미라를 발견했는데, 379년이 지났다고 믿기지 않을 만큼 너무나도 생생한 모습 그대로를 간직한 채 가지런히 누워 있던 미라를 보고 모두들 놀라움을 감출 수 없었다.

또한 관에 담겨진 다양한 복식들과 의문의 구슬 꾸러미들이 화제가 되었는데, 과연 이것들의 정체는 무엇인지, 또 그녀는 어떤 사람이며 어떻게 379년이라는 시간 동안 어떻게 썩지 않고 미라가 되었는지, 그 모든 비밀을 순간포착에서 공개한다.

_ 출처 https://www.sedaily.com/Event/Election2017/NewsView/1L3TTFU032

관련 사진

정부인 청풍김씨 지묘

_ 출처: 양호당 임원회 https://blog.daum.net/grape365/223

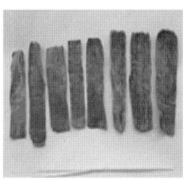

청풍김씨 묘에서 출토된 '가중셔간' 봉지와 편지(일부)

참고 자료

- 조선왕조실록

- 쇄미록(오희문)

- 임진왜란 시기에 작성된 '양호당 이덕열언간'의 내용과 가치(김영 · 장고은, 구결연구 제46집, 2021)

- 16세기 후반 한글자료인 '청풍김씨묘출토언간(이덕열언간)'에 대하여(장고은 · 김영, 국어사연구 제29호, 2019)

- 묘에서 출토된 편지의 글(현대역)

- 광주이씨 양호당공 족보

- 영월문화원 e-book

- 남원문화원

- 양호당 일기

- 네이버 뉴스, 379년 전 미이라 발견, 2016. 10. 20.

- 나무위키

- 디지털 해남문화대전

- 한국민족문화대백과사전